中暑的麵

六月初，熱得可以。

正午過了十二點，實在懶得出門，乾脆多畫一張圖，等太陽歪一些的時候，再出去吃中飯。

兩點半了，肚子嘰哩咕嚕叫，來到那家麵店，剛進門發現老闆娘臉色不太好，有點那種「要打烊了，才來吃！」的厭惡表情，反正坐下就吃唄！點了一碗乾麵和一碗雲吞。老闆娘的桂花手剛把麵團扔下鍋，才發現煤氣已經關火！只見她慢條斯理的重新開爐，我冷汗直冒，忖著那麵團是泡在溫泉裡，能熟嗎？

這不打緊，老闆娘拉開嗓門向屋裏嚷著：「孫子！包十二顆雲吞來！」然後屋外的開罵，屋裡的回嘴。

屋裡的孫子正在嬉鬧著：「阿嬤！我不會包！」

孫子很不心甘情願的從冰箱裡取出了雲吞皮和肉餡，然後開始包起來⋯⋯不！不是

包！天哪……是玩起來了！手上掐著一「坨」超奇怪的東西，在我面前晃過去。

「阿嬤！這樣包行不行？」

搞明白了！老闆娘原來是她的祖母。

「什麼玩意兒？衛生紙包鼻涕也比你的好看！」

聽了差點暈倒！不會吧！這……這就是我的雲吞嗎？

孫子噘著嘴，又從眼前晃過，還用白目瞪了我一眼，似乎很不爽我這個遲來的晚客……等一下！他的指甲縫裡夾雜著有夠髒的汙垢，比他不爽的眼珠更黑！算了，別吃了，萬一得腸病毒怎麼辦？腳底抹油──溜了吧！

正想起身，屁股才剛離開椅子一公分，面色如蠟的老奶奶已經把那碗半溫的乾麵

「砰」的一聲晾在桌上，真是天人交戰哪！吃吧！堂堂男子漢九尺之軀，何苦為這般小

「砰」的一聲晾在桌上，真是天人交戰哪！吃吧！堂堂男子漢九尺之軀，何苦為這般小事計較呢？

5

打開了免洗筷，吞下第一口，胃已經開始糾結，夠他油的，而且味精好像不用錢！挺著點，不就是吃飽完事嘛！加點辣椒醬蓋住油味，糟！什麼鬼辣椒醬，死鹹！而且我好像下得太多了，連盤旋的蒼蠅都退避三舍。不容易呀！吃得我不知道是汗還是淚。

菩薩保佑，終於碗底朝天，趕緊買單走人唄！這鈔票還沒來得及掏出口袋，我的眼珠差點沒噴出馬路，老闆娘正端上那碗孫子包的雲吞⋯⋯

六月初，熱得暈⋯⋯

目錄

政治篇

胸懷壯志待抒發，錦囊妙計用不完。

兒子！你
又曉課！！

三教九流（ㄙㄢ ㄐㄧㄠˋ ㄐㄧㄡˇ ㄌㄧㄡˊ）

⊙比喻人群中人品龐雜，
各型各類都有。

整天和三
教九流的
人鬼混！！

對不起老爸，
去向他道歉
吧！

整天和
三教九
流的人
鬼混！！

老爸你又
曉班！！

you!

出處　「三教」指儒、佛、道。語出《周書・武帝紀》；「九流」指儒家、道家、陰陽家、法家、名家、墨家、縱橫家、雜家、農家，語出《漢書・敘傳下》。後來泛稱宗教、學術的各種流派，亦指社會上各種行業或各色人物。

天羅地網

◎比喻圍捕犯人的布置非常嚴密。

布下天羅地網捉拿要犯！

通緝　鼠大盜

連下面也有！

這裡也有。

哇！到處是捕快！

上面也有！

有！

要死也得先把贓物交出來！

乾脆自殺算了。

難逃天羅地網。

出處

「羅」，捕鳥的網子。天空地面遍布羅網。比喻防範極為嚴密，無法逃脫。

語出《大宋宣和遺事・亨集》。

12

貴國的賭風極盛，您是如何禁止的？

寓禁於徵

⊙課徵重稅，來達到禁止的目的。

進口奢侈品

一元抽十元

「寓禁於徵」！真是個妙計。

將所有的賭場，集中在一起，然後課以重稅。

老公，你的零用金我抽百分之百的稅！

這個方法是學自我內人……

寓，寄。徵，同「征」，稅收。指加重稅捐，迫使經營自動停止，以達到禁止的目的。

13

出處 原作「朝令暮改」，語出漢‧晁錯〈論貴粟疏〉：「賦斂不時，朝令而暮改。」早上下達的命令，到傍晚就改變了，比喻政令、主張或意見反覆無常。

哇！好長的脖子！

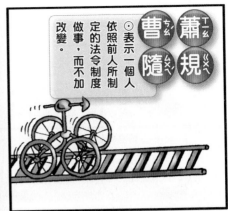

◎表示一個人依照前人所制定的法令制度做事，而不加改變。

蕭規曹隨！這種思想太守舊、落伍了！

這是祖先傳下來的規範，女人脖子愈長表示愈漂亮！

我們都生活在傳統的牢籠裡！

那你們清朝女子為什麼要纏小腳呢？

規，法也。比喻繼任者一切行事以前任者為法式。《史記·曹相國世家》記載：「曹參代蕭何為漢相國，舉世無所變更，一遵蕭何約束，百姓歌之曰：『蕭何為法，顜若畫一，曹參代之，守而勿失。』揚雄法言·淵騫：『蕭也規，曹也隨。』言蕭何創法於前，曹參進隨於後。」

出處

15

政治篇

群龍（ㄑㄩㄣˊㄌㄨㄥˊ）
無（ㄨˊ）首（ㄕㄡˇ）

◎形容一個組織因為失去了領導人物，而顯得散亂。

我是老大，我會沒有了群龍成了我就無首。

所以賺到的錢統統交由我來保管。

我們是警察！你們被包圍啦！

我是毒龍幫老大…

這下子真的，沒有首了。

出處 形容一個團體或機構，失去了領導者，成為散亂沒有組織的群眾。
語出《易經・乾卦》：「見群龍，無首。」

16

 出處　像烏鴉般聚在一起的一群人。比喻暫時湊合，無組織、無紀律的一群人。語出《管子‧意林》：「烏合之眾，初雖有權，後必相吐，雖善不親也。」

梟首示眾 ㄒㄧㄠ ㄕㄡˇ ㄕˋ ㄓㄨㄥˋ

⊙古代的刑罰，將犯人的頭砍下掛在木桿上。

征服此地多年，土著還在反抗！

看誰還敢和帝國作對！

把他們的酋長梟首示眾！

他們說侵略者才應該梟首示眾。

土著有什麼反應？

如何？

出處　語出《史記・秦始皇本紀》：「二十八人皆梟首。」梟首，是古代的一種刑罰。用來指觸犯重罪的人，受到法律制裁而被處死，有警惕世人的意思。

18

出處　比喻懲罰一個人以警告其他的人。語出《官場現形記》第五十三回：「俗語說得好，叫作『殺雞駭猴』，拿雞子宰了，那猴兒自然害怕。」或作「殺雞駭猴」、「殺雞嚇猴」。

一、一手遮天　ㄧˋ ㄕㄡˇ ㄓㄜ ㄊㄧㄢ

⊙嘲諷想要隱瞞真相卻白費心機的人。

出處　比喻玩弄權術、瞞上欺下的行徑。語出唐‧曹鄴〈讀李斯傳〉詩：「難將一人手，掩得天下目。」

以（ㄧˇ）子（ㄗˇ）之（ㄓ）矛（ㄇㄠˊ）攻（ㄍㄨㄥ）子（ㄗˇ）之（ㄓ）盾（ㄉㄨㄣˋ）

⊙用對方的方法來反駁對方。

這支金剛矛無堅不摧。

天下第一

這面天蠶盾刀槍不入。

用你的矛刺你的盾，哪一個最厲害呢？

以子之矛，攻子之盾。

考倒他了！

《漫畫中國成語》最厲害。

你真是太狗腿了！

出處　利用別人的論點或數據，揭露對方言論自相矛盾，以駁倒對手。子：對別人的稱呼。語出《韓非子‧難一》：「楚人有鬻（ㄩˋ）楯（盾）與矛者，譽之曰：『吾楯之堅，物莫能陷也。』又譽其矛曰：『吾矛之利，於物無不陷也。』或曰：『以子之矛陷子之楯何如？』其人弗能應也。」

出奇制勝

ㄔㄨ　ㄑㄧˊ　ㄓˋ　ㄕㄥ

⊙以特別的方法解決當前的難題。

隊員連續被三振。

野豬隊的實力太強了。

如果不能出奇制勝，今天恐怕要輸慘了。

| 野豬 | 15 |
| 小狗 | 0 |

我要換上巨砲來代打！

等一下！

哇！我們認輸啦！

別開玩笑了。

小狗隊裡會有巨砲嗎？

全都是弱棒。

出處　發奇兵或用奇計制敵而獲勝，後比喻用奇特、創新的方法取得好效果。語出《孫子・勢篇》：「凡戰者以正合，以奇勝。故善出奇者，無窮如天地，不竭如江河。」

出處

比喻四面受敵，孤立無援。語出《史記·項羽本紀》：「項王軍壁垓（《历）下，兵少食盡，漢軍及諸侯兵圍之數重。夜聞漢軍四面皆楚歌。」

先發制人 ㄒㄧㄢ ㄈㄚ ㄓˋ ㄖㄣˊ

⊙兩方相爭，要先行動才可掌握局面，不然就會被對方控制。

根據情報，運鈔車會通過山下。

咱們來個先發制人，攻其不備！

提供假情報才是先發制人。

咦？怎麼沒有人？

出處　凡事先下手取得先機，才能制伏對方。語出《史記·項羽本紀》：「秦二世元年七月，陳涉等起大澤中。其九月，會稽守通謂梁曰：『江西皆反，此亦天亡秦之時也。吾聞先即制人，後則為人所制。吾欲發兵，使公及桓楚將。』」

24

政治篇

出處 謂先張大聲威，以挫敗敵人士氣。語出《左傳・宣公十二年》：「《詩》云：『元戎十乘，以先啟行。』先人也。《軍志》曰：『先人有奪人之心。』薄之也！」

兵_{ㄅ一ㄥ} 不_{ㄅㄨ}
血_{ㄒㄩㄝ} 刃_{ㄖㄣ}

⊙ 不經作戰殺戮就獲得勝利。

向敵軍廣播放思鄉曲瓦解他們士氣！

這是他們國內最暢銷的《思鄉曲》。

我們可以兵不血刃了。

嗚！好感人的曲調。沒心情作戰了。

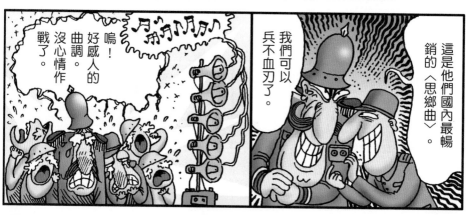

啊！反而被兵不血刃！

感謝國內盜版商盜錄貴國原作。

出處　兵刃尚未沾上敵人的鮮血，即尚未實際交戰，便已征服了敵人。語出《荀子・議兵》：「此四帝兩王，皆以仁義之兵行於天下也。故近者親其善，遠方慕其德，兵不血刃，遠邇來服，德盛於此，施及四極。」

26

哇！貴隊的陣容真是固若金湯。

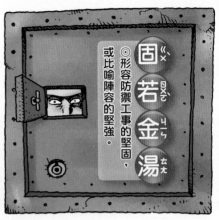

固若金湯（ㄍㄨˋ ㄖㄨㄛˋ ㄐㄧㄣ ㄊㄤ）

⊙形容防禦工事的堅固，或比喻陣容的堅強。

個個驍勇善戰，帥呆了！

對方鐵定潰不成軍！

啪！

面色凝重！這種陣容還不滿意？

我很滿意！但是那邊才是我的隊！

比喻防守嚴密，無懈可擊。語出《漢書‧蒯通傳》：「必將嬰城固守，皆為金城湯池，不可攻也。」

 出處 比喻危急時，投入全部力量，作最後的冒險。「孤注」語出宋・司馬光《涑水記聞》：「澶淵之役，準以陛下為孤注，與虜博耳。」「一擲」語出《晉書・何無忌列傳》：「劉裕勇冠三軍，當今無敵，劉毅家無儋石之儲，摴蒱一擲百萬。」

明修棧道
暗渡陳倉
⊙用假象迷惑對方
以達到某種目的。

花，我想學種花。

種花可以美化環境，

又可以修身養性。

然後你就可以到處去送花？

計劃被視破。

明修棧道，暗渡陳倉。

你就種那種花吧！

韭菜花可以送女生嗎？

出處：棧道：在險峻的懸崖上用木材架設的通道。陳倉：古縣名，為關中、漢中往來的交通要道。比喻表
面上採取一種行動迷惑對方，暗地裡採取另一種行動，以達到目的。語出元‧無名氏《氣英布》第
一折：「孤家用韓信之計，明修棧道，暗渡陳倉，攻定三秦：劫取五國。」

29

政治篇

東山再起
ㄉㄨㄥ ㄕㄢ ㄗㄞˋ ㄑㄧˇ

◎遭遇失敗後力圖振作，想要另有一番作為。

敗

我準備出獄後大大的賺一票！

我也準備成立毒品交易站！

為我們黑社會的將來鼓掌！

三位大哥準備東山再起嗎？

可惜三位看不到明天太陽下山啦！

明晨新首

出處　比喻官員退隱後再度出任官職，亦比喻失敗後重新崛起。
典出南朝宋·劉義慶《世說新語·排調》。

政治篇

背水一戰 ㄅㄟˋ ㄕㄨㄟˇ ㄧ ㄓㄢˋ
⊙面臨困境，沒有退路，奮力一戰。

糟了！中了匪徒的埋伏！

背水一戰！

要拚才會贏！

哇！有鬼呀！

既然無路可逃。

只有拚了！

真是個背水一戰的硬漢。

出處　「背水」，就是背對著河流，毫無退路的意思。比喻抱著必死的決心，奮戰取勝。典出《尉繚子·天官》：「背水陳為絕紀，向阪陳為廢軍。」

紙_{ㄓˇ}上_{ㄕㄤˋ}談_{ㄊㄢˊ}兵_{ㄅㄧㄥ}

⊙形容空談而不切實際的做法。

保育計劃

我要畫一套傳世的經典漫畫！

然後翻譯成國語言，國三十六發行全世界！

再把賺來的錢蓋一所漫畫大學！

眼鏡仔！光是紙上談兵是無效的。

快點付帳，滾回去，開始動筆吧！

阿婆魯菜

將計就計

ㄐㄧㄤ ㄐㄧˋ ㄐㄧㄡˋ ㄐㄧˋ

⊙利用對方所用的計策，反面向對方施計。

出處 利用對方的計策，順水推舟，反施其計。語出元・楊梓《豫讓吞炭》第二折：「咱今將計就計，決開堤口，引汾水灌安邑，絳水灌平陽，使智氏軍不戰自亂。」

出處　比喻兵敗後，重組兵力，再次來過。亦用於比喻恢復舊有的局面、局勢。語出唐・杜牧〈題烏江亭〉詩：「江東子弟多才俊，卷土重來未可知。」

孩子沉溺於電動玩具店，功課爛透頂。

犛庭掃穴 ㄌㄧˊ ㄊㄧㄥˊ ㄙㄠˇ ㄒㄩㄝˋ

⊙ 形容掃蕩敵人或盜匪，摧毀他們的據點。

BOOLOOM

我要求採取嚴厲的措施拯救日益惡化的風氣！

警察局！我要求你們犛庭掃穴！

他人呢？

要等主管回來才能決定。

主管正在店裡打電動。

出處 犛庭，鋤掉庭宅。掃穴，掃平巢穴。用以形容直搗敵人或匪寇的根據地。語出《漢書·匈奴傳》：「固已犛其庭，掃其閭，郡縣而設之。」閭，古代鄉里的大門。

暗渡陳倉

⊙暗中進行，不讓別人知道。

你應該從背後去偷擊大熊。

「暗渡陳倉」是個妙計！

啊！你怎麼會知道！

我正要偷襲你！

你要採用「暗渡陳倉」之計……

原來他只會這一招。

同一個推銷員。

你也是請兔子當顧問？

出處

陳倉，故城在今陝西省寶雞縣東。此語多與「明修棧道」連用。用以比喻暗中行事。多用在指男女私通方面。據《史記‧高祖本紀》記載：項羽封劉邦為漢中王，劉邦率眾入漢中，並燒絕棧道。其後，又用韓信計，暗中出兵陝西陳倉，攻取三秦之地。

政治篇

調（ㄉㄧㄠˋ）虎（ㄏㄨˇ）離（ㄌㄧˊ）山（ㄕㄢ）

⊙施用計謀，使對方離開根據地，以便達成某種目的。

你們在外面喊失火，我進去盜寶物。

你真聰明。

這招叫作「調虎離山」計。

快出來救火呀！

失火啦！

哇！你們怎麼沒有上當？

蠢賊！

水晶宮裡會失火嗎？

出處 引誘老虎離開牠盤踞的山頭。比喻用計誘使對方離開他的據點，以便乘機行事，達成目的。語出《西遊記》第五十三回：「先頭來，我被鉤了兩下，未得水去。縱然來，我是個調虎離山計，哄出來爭戰，卻著我師弟取水去了。」

遇到危險打開錦囊，自有妙計。

站住！交出你的財物！

錦囊裡只有一張字條！

寫些什麼？

！

打開錦囊偷看的人會窮一輩子。
火法師

快走開！快走開！

我們什麼也沒看到！

出處 用以形容完美的計謀。出自《三國演義》第五十四回：「孔明曰：『吾已定下三條計策，非子龍不可行也。』遂喚趙雲近前，附耳言曰：『汝保主公入吳，當領此三個錦囊。囊中有三條妙計，依次而行。』」

我是個香菸製造商。

我正在進行蠶食鯨吞的計劃。

在窮國大量種植廉價菸草。

然後再高價銷售到富國。

我將要獨霸世界市場。

我是菸中之王！

恐怕您永遠無法達成菸王之夢了。

因為癌細胞已經蠶食鯨吞了您的肺臟。

體檢表

出處　像蠶吃桑葉般的和緩，或像鯨吞食物般的猛烈。比喻不同的侵略併吞方式。清‧紀昀《閱微草堂筆記‧灤陽消夏錄六》：「汝兄遺二孤姪，汝蠶食鯨吞，幾無餘瀝。」

罪魁禍首

ㄗㄨㄟˋ ㄎㄨㄟˊ ㄏㄨㄛˋ ㄕㄡˇ

⊙指罪行的領導發動者。

出處　指領導或策劃肇禍犯罪的首要人物。「罪魁」語出宋・文天祥《指南錄・紀事》:「國家不幸至今日，汝為罪魁，汝非亂賊而誰？」「禍首」語出《東觀漢記・申屠剛》:「昔周公豫防禍首，先遣伯禽守封於魯，離斷至親，以義割恩。」

干戈不息
《ㄍㄢ》《ㄍㄜ》《ㄅㄨˋ》《ㄒㄧˊ》
⊙表示戰亂連續不停。

吾國近年干戈不息，百姓怨聲載道。

愛卿放心！

本王正打算終止這場戰爭。

吾皇聖明呀！

這真是天下蒼生的福音。

但是必須先徵召十萬民兵去消滅甲國！

昏君！

你就是干戈不息的禍首！

出處　謂戰亂不止。《宣和遺事‧元集》：「當初只為五代時分，天下荒荒離亂，朝屬梁而暮屬晉，干戈不息。」

干《ㄍㄢ
戈《ㄍㄜ

相ㄒㄧㄤ
見ㄐㄧㄢ

⊙比喻以戰爭或武力解決。

出處 指用武力來解決事情。「干戈」皆為兵器名，引申為武力。語出《詩經‧大雅》：「弓矢斯張，干戈戚揚。」

片甲不留
ㄆㄧㄢˋ ㄐㄧㄚˇ ㄅㄨˋ ㄌㄧㄡˊ

⊙形容打仗
或比賽輸得
很慘。

咦？蔡捕頭為何哀聲歎氣的？

唉！

剛才被西瓜伯宰得片甲不留。

他竟敢向執法人員動粗？

去討回公道！

殺得他片甲不留！

誤會啦！我和他只是下象棋而已！

出處　軍隊打敗仗，全軍覆沒。《精忠岳傳》第六十回：「我們捨命爭先，殺得片甲不留。」

敵人的坦克攻過來啦！

擊石以卵
⊙比喻勢力大小懸殊，結果必敗。

哇！大隊人馬，我們根本不是對手！

我們該怎麼辦呢？

如此這般……

好吧！

事到如今，只有這樣了。

發射

哼！以「卵」擊石。

出處 拿雞蛋去碰石頭。比喻自不量力或以弱攻強，結果必然失敗。語出《墨子・貴義》：「吾言足用矣。舍言革思者，是猶舍穫而攈粟也。以其言非吾言者，是猶以卵投石也，盡天下之卵，其石猶是也，不可毀也。」

死灰復燃

⊙比喻一切事物表面似乎已經平息，後來又再發生。

本城實施鐵腕掃蕩。

所有賭徒都已銷聲匿跡了。

報告捕頭，城郊老宅有人聚賭。

想不到這麼快就死灰復燃！

哇！真的是賭鬼呀！

我們賭冥紙，你也要取締嗎？

統統不許動！

出處 比喻失勢者重新得勢或已平息的事物，又重新活動起來。語出《史記・韓長孺列傳》：「其後安國坐法抵罪，蒙獄吏田甲辱安國。安國曰：『死灰獨不復然乎？』」

政治篇

兵ㄅㄧㄥ荒ㄏㄨㄤ馬ㄇㄚˇ亂ㄌㄨㄢˋ

⊙描述戰事發生時，地方秩序極不安寧。

好？
兒呀！我長年在外，家中可

所以你們在後方，才不會有兵荒馬亂的日子。

為的是保家衛國。

三十年。
為父從軍

老爸！前方正在兵荒馬亂呀！

逆子‧人人可誅之！

我夜夜豪賭，也戰得兵荒馬亂。

出處

荒，亂。形容戰爭時地方秩序不安寧的現象。

語出元‧無名氏《梧桐葉》第四折：「既然姻緣會合，不是俺做大，一向收留在俺府中為女，也是天數。不然，那兵荒馬亂，定然遭驅被擄。」

46

成語字謎 1

難度 ★★☆

親愛的讀者朋友，看完了前面的漫畫成語，應該學到不少成語用法了吧！快來做個小測驗，看看自己記得多少。溫故知新、有助於知識的累積喔！

下頁的表格裡，共有11組成語缺字填空，快來動動腦，把空格補上喔！

下方有提示喔！

NEWS

武林八卦

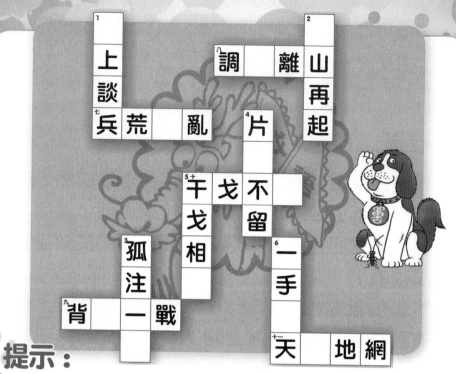

上談兵
離山再起
調
兵荒亂片
干戈不留
孤注
干戈相
一手
背一戰
天地網

提示：

（直）

1 比喻不切實際的議論。

2 形容失敗後重新崛起。

3 投入手中全部的資源，做最後的努力。

4 形容全軍覆沒，什麼都沒剩下。

5 用戰爭或武力來解決事情。

6 比喻欺上瞞下的行徑。

（橫）

七 形容戰爭所造成動盪不安的慘況。

八 引誘老虎離開經常活動的山林。比喻用計誘使對方離開原有據點，以便乘機行事。

九 背對河流，表示不留退路，形容抱著必死、必勝的決心。

十 戰亂連年不停止。

十一 從天空到地面都設有羅網，比喻防範非常嚴密。

（這些答案就在P11～46！忘記的朋友趕緊翻到應著一下吧！）

答案：1.紙上談兵、2.東山再起、3.孤注一擲、4.片甲不留、5.干戈相見、6.一手遮天、7.兵荒馬亂、8.調虎離山、9.背水一戰、10.干戈不息、11.天羅地網。

48

政治篇

兩敗俱傷

ㄌㄧㄤˇ ㄅㄞˋ ㄐㄩˋ ㄕㄤ

⊙比喻爭鬥的雙方都受到創傷。

金剛王批評你是一隻病貓！

嘿嘿嘿……等他們兩敗俱傷，我再收漁翁之利！

獅王指責你是一隻笨猴子！

獅王說你罵我是呆象！

金剛王說你罵我是傻犀！

狐狸以為只有他才會成語。

出處 兩者相爭，俱受損傷。語出《新五代史·宦者傳·論》：「患已深而覺之，欲與疏遠之臣圖左右之親近，緩之則養禍而益深，急之則挾人主以為質，雖有聖智不能與謀，謀之而不可為，為之而不可成，至其甚，則俱傷而兩敗。」

49

枕（ㄓㄣ）戈（ㄍㄜ）待（ㄉㄞˋ）旦（ㄉㄢˋ）

◎小心戒備敵人，等待天亮。

不准睡覺

小心！胡人的兵馬就在我們前面。

大家要枕戈待旦、提高警覺。

弟兄們要枕戈待旦以防漢軍夜襲。

好睏哪！

呵

老兄！今天就甭打了吧！

原來你們也沒睡！

好睏！

呵！

啊！發現漢軍啦！

天亮了！看到胡兵了！

出處 形容人全神戒備，絲毫不敢鬆懈。語出晉・孫盛《晉陽秋》：「吾枕戈待旦，志梟逆虜，常恐祖生先吾箸鞭耳！」

出處　比喻相互對立，不相上下。《景德傳燈錄‧天臺山德韶國師》：「夫一切問答，如針鋒相投，無纖毫參差相，事無不通，理無不備，良由一切言語，一切三昧，橫豎深淺，隱顯去來，是諸佛實相門。」

偃（ㄧㄢˇ）旗（ㄑㄧˊ）息（ㄒㄧˊ）鼓（ㄍㄨˇ）

部隊為何偃旗息鼓停止前進？

口糧吃完了，士兵們肚子餓。

前面有地瓜園，快去挖來吃！

喂！為何又偃旗息鼓了呢？

沒有軍餉付帳。

地瓜一斤500

出處

偃（ㄧㄢˇ），臥倒，語出晉《三國志・趙雲傳》：「偃旗息鼓，曹軍疑有伏兵，引去。」形容軍隊或一個團體中毫無動靜，或指本來正在進行的事突然停止了。

勢如破竹
ㄕˋ ㄖㄨˊ ㄆㄛˋ ㄓㄨˊ
⊙比喻事情進展非常順利，沒有什麼阻礙。

仿冒名錶銷售量勢如破竹！

勢力世金錶

盜用智慧財產，判你坐牢監禁！

在監牢裡銷售量一樣勢如破竹。

怎麼又是你？這次是盜用了什麼？

他仿冒監牢的鑰匙。

出處

指情勢如同以刀剖竹，節節迅速裂開，大有不可遏止之勢。可用以比喻軍隊作戰，所向無敵。亦可表示事情進展順利迅速，毫不費力。與「迎刃而解」義同。語出《晉書‧杜預列傳》：「今兵威已振，譬如破竹，數節之後，皆迎刃而解。」

雷霆
萬鈞
●形容聲勢力量巨大，無法抵擋。

劍王以雷霆萬鈞之勢拔出了寶劍！

刀魔也以雷霆萬鈞之勢揮出了寶刀！

我的雷霆劍破壞了可惜。

我的萬鈞刀劈壞了會心痛！

嗯！英雄所見略同！

勢均力敵，平分秋色吧！

觀戰者發出了雷霆萬鈞的噓聲！

 出處 形容威勢強大，無能抵擋。鈞（ㄐㄩㄣ）：古重量單位，三十斤為一鈞。雷霆：快而大的雷聲。萬鈞，非常重的力量。語出漢・賈山〈至言〉：「雷霆之所擊，無不摧折者。萬鈞之所壓，無不糜滅者。」

槍　林　彈　雨
くー尢　ㄌㄧ´ㄣ　ㄉㄢˋ　ㄩˇ
⊙形容戰爭十分猛烈。

我是被哥哥的BB彈打中的。

槍林彈雨中的亡魂。

我是在作戰時被槍機掃到的。

我是在警匪槍戰時中彈的。

我是原子彈的犧牲者。

我是被手榴彈炸的。

出處　當雙方軍隊展開攻擊，槍枝密布如林，子彈散落如雨，正是戰況最激烈之時。所以此語用來形容戰爭十分猛烈，隨時都會有生命的危險。

劍拔弩張
ㄐㄧㄢˋ ㄅㄚˊ ㄋㄨˇ ㄓㄤ

⊙形容情勢緊急，已到一觸即發的地步。

劍王對決
刀魔！
雙方劍拔弩張！

啊！對了！

今天是母親節啊！

奇怪？

今天為何沒有旁觀者？

下次再打吧！

回家陪老媽！

天哪！偉大的母親節我們竟然還在此讓母親擔心！

 出處 形容形勢緊張或聲勢逼人。語出《漢書・王莽傳下》：「省中相驚傳，勒兵至郎署，皆拔刃張弩。」也用以形容書法筆力雄健。語出南朝梁・袁昂《古今書評》：「韋誕書如龍威虎振，劍拔弩張。」

情感篇

千言萬語無頭緒，一句抒情寄相思。

耳鬢廝磨

ㄦˇ ㄅㄧㄣˋ ㄙ ㄇㄛˊ

⊙形容男女之間彼此的感情非常親密。

小倆口整天耳鬢廝磨，感情好極了。

我看兩歲就可以生娃娃了。

太慢了，一歲就能生啦！

臭老頭！我家養狗干你啥事？

強迫小孩生育！太不人道啦！

出處　鬢，音ㄅㄧㄣˋ，近耳旁兩頰上的髮。廝，相。形容彼此親密至極。通常用來形容男女相戀，彼此偎依，男耳女鬢相互摩擦。語出《紅樓夢》第七十二回：「我的姐姐，咱們從小兒耳鬢廝磨，你不曾拿我當外人待，我也不敢待慢了你。」

情竇初開

ㄑㄧㄥˊ ㄉㄡˋ ㄔㄨ ㄎㄞ

⊙形容青年男女，剛懂得愛情這回事。

你最近是不是又在想追求女生啦？

師父好厲害，一猜就猜中我的心事。

你們年輕人的這種事，能瞞得過我老人家嗎？

我覺得我像是一株情竇初開的蓓蕾。

對呀！你臉上的青春痘也開得超級茂盛。

出處 初通情愛的感覺，多用於少男少女。宋·郭印《次韻正紀見貽之計》：「情竇欲開先自窒，心裏已淨弗須鋤。」

落花有意，流水無情

ㄌㄨㄛˋ ㄏㄨㄚ ㄧㄡˇ ㄧˋ ㄌㄧㄡˊ ㄕㄨㄟˇ ㄨˊ ㄑㄧㄥˊ

⊙男女之間，一方有情，一方卻無意。

我喜歡蔡捕頭。

雖然醜卻很溫柔。

胡小姐……

我想約妳……

約妳的朋友去烤肉！

落花有意，流水無情。

我有約了！

出處　比喻男女在感情上，一方表現出深情。另一方卻極冷淡。語見宋‧普濟《五燈會元》卷五十四：「落花有意隨流水，流水無情戀落花。」明‧馮夢龍《醒世恆言‧賣油郎獨佔花魁》：「朱重也看不上眼。似此落花有意，流水無情。」

纏綿悱惻

ㄔㄢˊ ㄇㄧㄢˊ ㄈㄟˇ ㄘㄜˋ

⊙形容故事情節或文詞哀婉動人。

噢！這部電影的劇情太令我感動了。

可憐的女主角愛上了有婦之夫。

唉！我的遭遇和她是一樣的。

親愛的，你也激動得全身發抖了嗎？

因……因為我老婆就在前面！

出處 形容小說、戲劇中的故事情節情感深刻而又哀婉動人。語出晉・潘岳《寡婦賦》：「思纏綿以瞀亂兮，心摧傷以愴惻。」清・王夫之《薑齋詩話・卷下》：「長言永歎，以寫纏綿悱惻之情，詩本教也。」

舐ㄕˇ犢ㄉㄨˊ情ㄑㄧㄥˊ深ㄕㄣ

⊙比喻父母對子女的愛護。

現代的家長幾乎都是標準的「孝子」。

我要吃漢堡！

妳去買！

上學下課呵護備至都得親自接送。

放學了怎麼沒有看見乖乖？

會不會是被綁票了？

會給他洗澡嗎？

他會不會肚子餓？

您舐犢情深令人感動。

請別為令郎擔心！

老師。

他正在對面打電動！

羊頭遊樂場

出處

舐，音ㄕˋ，以舌舔物。犢，音ㄉㄨˊ，小牛。舐犢，老牛以舌舔小牛，愛護之至。此語用以比喻父母對子女深愛之情。《後漢書‧楊彪傳》：「東漢，陽修為曹操主簿，猜中曹操心思，為操所殺，後操見修父楊彪，曰：『公何瘦之甚？』彪對曰：『愧無日磾先見之明，猶懷老牛舐犢之愛。』」

割股療親

形容孝子極盡孝道。

爸！把肉湯喝了吧！

兒子！你的屁股怎麼缺了一塊肉？

這肉是⋯

咱們家貧如洗，怎麼買得起肉呢？

不必了！想毒死我嗎？

我把癩痢狗宰了，來給您進補。

咬得疼死了！

這是被癩痢狗咬的。

 出處

鄞縣志：「唐陳藏器撰本草拾遺，中言人肉可療羸疾，後世之孝子之割股療親，即根據其說。」
《醒世姻緣傳》第五十二回：「姁娌兩個商議說，要割股療親，可以起死回生。」

乘龍快婿

⊙比喻有人得到一個令人滿意的好女婿。

老孫!小女要出嫁啦!

看來龍王找到乘龍快婿了!

準女婿還是國際巨星!

哇!暴龍!

說龍龍就到了!

出處 語出《列仙傳》:「蕭史得道,好吹簫,秦穆公以女弄玉妻之,後弄玉乘鳳,蕭史乘龍,共昇天去。」

佳偶天成

ㄐㄧㄚ ㄡˇ ㄊㄧㄢ ㄔㄥˊ

⊙一對美滿的夫婦是由上天註定的。

佳偶天成。

祝各位新婚快樂。

為新人證婚是件好差事。

結婚是美滿人生的開始。

也是問題的開始！

家庭輔導中心

結婚公証處

SOOOW!

KON.

PALA!

出處

佳，美滿完善。偶，夫婦。天成，天然配成，毫不勉強。通常用作祝人新婚的賀辭。與「天作之合」義同。語出《幼學瓊林・婚姻類》：「良緣由夙締，佳偶自天成。」

待人接物實不易，箇中藏有大道理。

處事篇

明察秋毫

ㄇㄧㄥˊ ㄔㄚˊ ㄑㄧㄡ ㄏㄠˊ

◎極小的事情也能審查明白。

御賜欽差濟南府。

百姓稱吾包青天。

嘟！大膽刁民，竟敢欺瞞本府？

巡察問案細端詳。

鐵面無私把名揚。

三斤十元？一斤多少錢？明明就除不盡嘛！

大特價 三斤十元

用品請愛產國

冤枉呀！請大人明察秋毫。

大特價

高懸

出處　目光敏銳，可看見秋天鳥獸新長的毫毛。後用「明察秋毫」比喻洞察一切，能看到極細微的地方。《孟子》：「離婁之目，察秋毫之末於百步之外，可謂明矣。」

童（ㄊㄨㄥ）叟（ㄙㄡˇ）無（ㄨˊ）欺（ㄑㄧ）

⊙比喻交易實在，絕無偷斤減兩。

你這柳丁甜嗎？

當然甜囉！我做生意是「童叟無欺」。

每個都好酸！還說是「童叟無欺」！

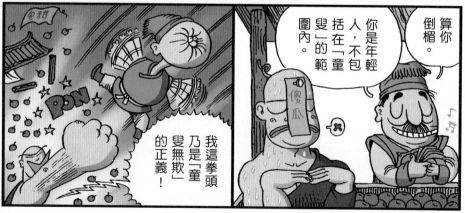

算你倒楣。

你是年輕人，不包括在「童叟無欺」的範圍內。

我這拳頭乃是「童叟無欺」的正義！

出處

童：未成年的孩子；叟（ㄙㄡˇ）：年老的男人。既不騙小孩也不欺騙老人，形容買賣公平。清‧吳趼人《二十年目睹之怪現狀》第五回：「但不知可有『貨真價實，童叟無欺』的字樣沒有？」

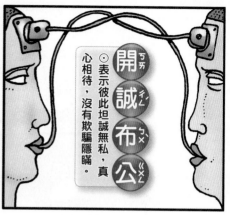

開　誠　布　公

ㄎㄞ　ㄔㄥˊ　ㄅㄨˋ　ㄍㄨㄥ

⊙表示彼此坦誠無私，真心相待，沒有欺騙隱瞞。

你我應該開誠布公。

我覺得

小師弟。

活該！誰教你偷看我的信！

昨晚我拉肚子是不是你在搞鬼？

等一下！我還要和你開誠布公。

你還有什麼遠⋯⋯？

你剛才喝的比昨晚還強十倍！

出處

開，敞開。布，顯示。用以表示坦誠相待，不相欺瞞。
語出《三國志‧蜀書‧諸葛亮傳》：「諸葛亮之為相國也，開誠心，布公道。」

69

◎剛正公平，絕無私心。

鐵面無私

我是鐵面無私的大法官，不包庇、不徇私。

請出示您的服務證。

今天忘了帶。

請讓我進去吧！

不要關說！

我是法官，我在裡面上班！

我是警官，我在這裡上班！

鐵面無私的辦公室，太沒有人情味了。

哼！

出處 公正嚴明而不偏私。語出《說呼全傳》第三十七回：「偏偏那個包文正同他也是一般的，朝廷十分信服，果然他是鐵面無私，如今虧得朝廷差他封王去了。」

名不虛傳

ㄇㄧㄥˊ ㄅㄨˋ ㄒㄩ ㄔㄨㄢˊ

⊙實在很好，不是空有虛名。

聽說正義的蔡捕頭連鬼都不怕！

第一大力士

嚇

做鬼太沒面子了！

我們去嚇嚇他！

哇！果然名不虛傳！

嚇

爽哩

嚇

威脅我？

!

出處 指名聞與實際相符合。並非虛名。語出《史記·孟嘗君傳》：「孟嘗君招致天下任俠，姦人入薛中，蓋六萬餘家矣。世之傳孟嘗君好客自喜，名不虛矣。」

名（ㄇㄧㄥ）副（ㄈㄨ）其實

⊙外表的形式和實際的內涵相配合。

我姓單，我開的是「單眼科」。

我姓賈，開的是「賈整形外科」。

我姓吳，我開的是「吳齒科」。

實實生病了，快去看小兒科。

啊！

屠小兒科

出處　也可做「名實相副」。副，符合、相稱之意。名，指外在的形式或聲譽。實，指實際的內涵。
語出《後漢書・鄭孔荀列傳・孔融》：「昔國家東遷，文舉盛歎鴻豫名實相副。」

⊙形容名聲極大，眾所皆知。

如雷貫耳

ㄖㄨˊ ㄌㄟˊ ㄍㄨㄢˋ ㄦˇ

在道上提起大哥的酒量，真是無人不知、無人不曉。

大哥為人四海重、義氣，真是個好大哥！

大哥在江湖上的名氣，真可說是如雷貫耳。

我只很煩他酒醉後「如雷貫耳」的鼾聲。

我老公在外面混得如何我可不在乎！

呼嚕 呼嚕 呼嚕嚕

出處　比喻人名氣很大，眾所共聞。元·鄭廷玉《楚昭公》第四折：「久聞元帥大名，如雷貫耳。」

有口皆碑
ㄧㄡˇ ㄎㄡˇ ㄐㄧㄝ ㄅㄟ

⊙所作所為被大家讚美的意思。

蔡捕頭維護治安，勞苦功高。

蔡捕頭英名遠播，有口皆碑！

承蒙抬愛！

蔡捕頭打擊罪犯，盡忠職守。

你真偉大，連畜牲都來讚美你！

啊！搞錯了！原來牠是看到母狗啦！

汪、汪、

出處

五燈會元安禪師：「勸君不用鐫頑石，路上行人口似碑。」
老殘遊記第三回：「老殘道：『宮保的政聲，有口皆碑，那是沒有得說的了。』」
眾口稱譽，有如記載功德的石碑。

沒沒無聞

ㄇㄛˋ ㄇㄛˋ ㄨˊ ㄨㄣˊ

◎不出名，不為人知道。

我是…

唐先生一天畫多久？

十八小時。

咦？你牆上的字畫呢？

這麼用功！為何還是沒沒無聞？

死了以後才出名的藝術家！

他說好喜歡，我就統統送他了。

統統賣掉了嗎？

因為昨天有人來看畫！

出處

形容人不出名，不為人所知。沒沒：無聲無息的樣子。

語出明‧沈德符《萬曆野獲編補遺》：「朱先為將軍，有古人風，似不在諸弁下，竟沒沒無聞，惜哉。」

豹ㄅㄠ死ㄙˇ留ㄌㄧㄡˊ皮ㄆㄧˊ

⊙比喻人死之後，應該要留名後世。

我是個偉大的獵人，任何動物都難逃我的槍下。

「豹死留皮」，名譽是我的第二生命。

哇！失手啦！

名譽也是豹的第二生命，怎麼能輸給你。

應該說是「人死留皮」才對。

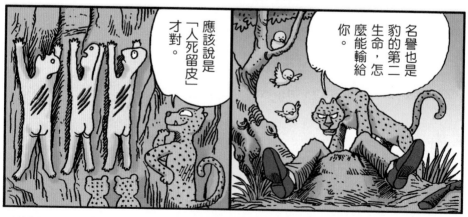

出處 語出《新五代史·王彥章傳》：「嘗為俚語謂人曰：『豹死留皮，人死留名。』」用來比喻人雖死了，應留名於後世。

路遙知馬力
日久見人心

⊙事情做得長久，才會知道好壞。

這是我的音樂學習計劃。

胖師父您瞧！

你每次都是一開始雄心壯志。

我…

但是到最後沒有一次實現。

啊！

路遙知馬力，日久見人心。

就像您的減肥計劃一樣爛爛吧！

出處　路途遠才知道馬的力氣大小，時間長才看得出人的思想、品行好壞。用以說明經過長期的考察，才能確知人的品德好不好。語出元‧無名氏《爭報恩》第一折：「若有些兒好歹，我少不得報答姊姊之恩。可不道路遙知馬力，日久見人心。」

實至名歸

ㄕˊ ㄓˋ ㄇㄧㄥˊ ㄍㄨㄟ

⊙表示真有實質，則名聲隨至。

出處 指有了實際的成就，就會得到應有的名聲。實：實際成就。至：達到。歸：到來。語出吳敬梓《儒林外史》第十五回：「敦倫修行，終受當事之知；實至名歸，反作了終身之玷。」

處事篇

震古鑠今

⊙形容功業的偉大，可以震驚古人、誇耀今世。

我是震古鑠今的全壘打王！

小小木棒也敢自豪震古鑠今！

我的紀錄震古鑠今無人可及！

91年全壘打王 92年打點王 93年年度MVP 88年全壘打 87年打點王 全壘打 明星賽 月份MVP

我的金箍棒才是震古鑠今。

哇

有本事就來挑戰！

出處 形容事業或功績很偉大。
語出清·譚嗣同《仁學》：「美釋黑奴而封之……稱震古鑠今之仁政焉。」

者。

○指在競賽中，爭得優勝

獨占鰲頭 ㄉㄨˊ ㄓㄢˋ ㄠˊ ㄊㄡˊ

本城的治安在全國一向是全國第一名。

蔡捕頭，你得負起全部責任。

今年卻從獨占鰲頭落到敬陪末座。

「鰲頭」占不到，就請你吃雞頭走路！

雖然如此，我還是要送你一禮物。

指在競賽中獲得第一名。元‧無名氏《陳州糶米‧楔子》：「殿前曾獻昇平策、獨占鰲頭第一名。」

遺臭萬年
ㄧˊ ㄔㄡˋ ㄨㄢˋ ㄋㄧㄢˊ

⊙形容壞的名聲永遠留傳後世，被人辱罵。

快投降！否則就炸掉地球！

你們這樣做是會「留芳百世」的！

因為他們是臭星人！

應該用「遺臭萬年」來形容！

不對啦！

會留香？這違反了臭星憲法！算了！撤兵吧！

臭星戰艦

語出《世說新語・尤悔》：「桓公臥語曰：『作此寂寂，將為文、景所笑！』既而屈起坐曰：『既不能流芳後世，亦不足復遺臭萬載邪？』」

聲名狼籍

◎一個人行為惡劣、名聲很壞，大家都知道他。

黑檸檬是個兇狠的職業殺手。

只要肯付出代價，他就為人效命。

犯案累累的他在江湖中「聲名狼籍」。

我男朋友跟別的母雞跑了，你去收拾他！

這些蛋是給你的酬勞。

但是有時候也會遇到些棘手的案子。

出處

引申比喻名聲非常惡劣。語出《史記・蒙恬列傳》唐・司馬貞・索隱：「言其惡聲狼籍，布於諸國。而劉氏曰『諸侯皆記其惡於史籍』，非也。」

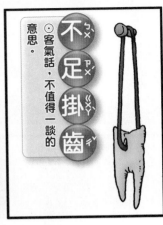

不_{ㄅㄨ}足_{ㄗㄨ}掛_{ㄍㄨㄚ}齒_ㄔ

⊙客氣話，不值得一談的意思。

謝謝你們救我一命，這些錢請收下吧！

區區小事，不足掛齒！

不要錢？不足掛齒？

這些中國人真是莫名其妙！

不要美鈔偏偏要牙齒！

拿去！這些三牙齒夠你們掛了吧！

你誤會了！不足掛齒是比喻不必客氣了。

中國的成語真難懂！

出處　指人或事物輕微，不值得一提。語出《史記‧劉敬叔孫通列傳》：「此特群盜鼠竊狗盜耳，何足置之齒牙間。」

拋（ㄆㄠ）磚（ㄓㄨㄢ）引（ㄧㄣˇ）玉（ㄩˋ）

⊙先以自己的行為，來引發他人更美好的行為。

這次地震造成本城重大的損失。

大家應該出錢出力，共度難關。

我樂捐一萬元，希望能「拋磚引玉」。

既然您拋磚引玉，本大戶就慷慨解囊！

一百元

我這個是「小玉」啦！

出處

比喻自己先發表不成熟的意見，以引出別人的佳作或高論，多用作自謙之詞。亦比喻以身作則，引發眾人響應。語出《景德傳燈錄・趙州觀音院從諗禪師》：「時有一僧便出禮拜，師云：『比來拋磚引玉，卻引得個墼子。』」

成語字謎 2

難度 ★★★☆☆

哇！恭喜你的成語能力又向前邁進了一步。下一頁的表格每四格組成一則成語，共有11組成語，請動動腦，把空格填上吧！

下方有提示喔！

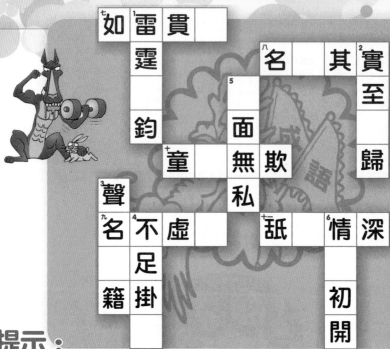

如雷貫[ ]
名[ ]其實
霆
釣　面
童無欺私
聲
名不虛　舐情深
足　　　初
籍掛　　　開

提示：

直

1　比喻氣勢強大，不可抵擋。
2　有了真正的學識或本領，自然會得到聲譽。
3　形容名聲很差。
4　不值得談論。用來比喻某些人事物並不重要，不值得提起。
5　比喻公正、不留情面。
6　指剛開始戀愛。

橫

七　如同雷聲傳入耳朵那樣響亮。比喻一個人名氣很大，大家都聽過。
八　得到的名聲與能力相符合。
九　名聲與能力相合，並非空有其名。
十　不欺騙小孩也不欺騙老人，多用來形容做生意很誠實。
十一　形容父母對子女的慈愛。

（這些成語在P49～84！忘記的話快快翻到前面複習一下吧！）

答案：1、雷霆萬鈞、2、實至名歸、3、聲名狼籍、4、不足掛齒、5、鐵面無私、6、情竇初開、7、如雷貫耳、8、名副其實、9、名不虛傳、10、童叟無欺、11、舐犢情深

86

我的這個盆景造的很有水準吧？

在他面前不可以班門弄斧！

有水有山有樹有橋有屋。

這個山景是他造的。

他？這個老頭懂什麼？

出處 比喻在行家面前賣弄本事，不自量力。語出唐・柳宗元〈王氏伯仲唱和詩序〉：「某也謂予傳卜氏之學，宜敘于首章，操斧於班郢之門，斯強顏耳。」

望塵莫及

望（ㄨㄤˋ） 塵（ㄔㄣˊ） 莫（ㄇㄛˋ） 及（ㄐㄧˊ）

⊙比喻追趕不上的意思。

語出《莊子·田子方》：「夫子奔逸絕塵，而回也瞠若乎後矣。」形容一個人本事比另一個人強，落後的人實在追趕不上。

學校舉辦漫畫比賽！

七拼八湊

⊙比喻在很困難的情況下拼湊而成。

通宵趕出來！

你平常又沒有在畫！

我要得第一名！

獎盃也是七拼八湊！

真是七拼八湊的作品。

出處 將零碎的東西勉強拼湊起來，也有隨便胡亂湊合之意。語出《二十年目睹之怪現狀》：「我才去對他說過，他也打了半天的算盤；說七拼八湊，還勉強湊得上來。」

不
二
法
門

⊙指學習某種學問技術唯一的方法。

棒球打擊的「不二法門」就是練習、練習、再練習。

ONLY ONE

像小張每天對著輪胎揮棒一千下就是努力的好榜樣。

小張，最後一棒由你代打，勝敗全看你的了。

怎能怪我？輪胎大大的，白球小小的。

你怎麼還是被三振呢？

OUT!

出處 法門，佛法之門；不二，謂一實之理。今轉借以稱唯一之訣竅，曰不二法門。

語出《維摩詰所說經・入不二法門品》：「文殊師利請維摩說不二法門，維摩默然不應，文殊曰：『善哉！善哉！無有文字語言，是真不二法門也。』」

如魚得水 ㄖㄨˊ ㄩˊ ㄉㄜˊ ㄕㄨㄟˇ

⊙對於所處的環境，相處非常融洽，稱心如意。

來到鄉村身體和精神都好多了。

幽美的環境使我的創作「如魚得水」。

啊！果然是是「如魚得水」。

你也愛上了這片蒼翠樹林？

是呀！

砍來賣可賺不少錢。

出處 語出《三國志‧諸葛亮傳》：「先生與亮情好日密，關羽張飛等不悅。先主曰：『孤之有孔明，猶魚之有水也。』」

此語原謂君臣相得，今多用以形容夫妻、朋友情感融洽；或比喻所處環境，能使之稱心如意。

處事篇

弄ㄋㄥˋ巧ㄑㄧㄠˇ成ㄔㄥˊ拙ㄓㄨㄛ

⊙想要投機取巧，結果反而把事情搞得更糟糕。

哼！又是紅燈。

管他什麼交通安全！

愛拚才會贏！

完了！弄巧成拙。

出處

語出《五燈會元・江西馬祖道一禪師》：「師歸方丈，居士隨後。曰：『適來弄巧成拙。』」

穿針引線

⊙擔任聯絡及拉攏的工作，幫助完成事情。

出處
比喻從中拉攏、撮合。語出明·周楫《西湖二集》：「萬乞吳二娘怎生做個方便，到黃府親見小姐詢其下落，做個穿針引線之人。」

借花獻佛
ㄐㄧㄝˋ ㄏㄨㄚ ㄒㄧㄢˋ ㄈㄛˊ
⊙借別人的東西來做自己的人情。

祝大師父生日快樂。

你只誇讚他太偏心了！其實這禮物也有我一分。

喔！美麗的貝殼。

小徒弟真是孝順哪！

師兄

你！都是討厭！

這就是「借花獻佛」的下場。

那是我們倆拿去換來的胖師父的骨重的。

出處 比喻借用他人的東西來作人情。語出《過去現在因果經》：「善哉善哉，敬從來命。今我女弱，不能得前，請寄二花以獻於佛，使我生生不失此願。好醜不離，必置心中，令佛知之。」

胸有成竹（ㄒㄩㄥ ㄧㄡˇ ㄔㄥˊ ㄓㄨˊ）

⊙比喻心中早有萬全的打算。

比賽要開始了，還在玩耍。

教練放心，我們都準備妥當。

而且我們都是胸有成竹！

這麼有信心，真令我感動。

而且這是新鮮的嫩竹還。

出處 比喻處事有定見。語出宋‧蘇軾〈文與可畫篔簹谷偃竹記〉：「今畫者乃節節而為之，葉葉而累之，豈復有竹乎？故畫竹必先得成竹於胸中。」

處事篇

移花接木「ㄧˊㄏㄨㄚㄐㄧㄝㄇㄨˋ」

⊙暗中運用手段，用甲物代替乙物欺騙別人。

你竟然將臟車解體再拼成新車賣！

這種移花接木的手段太卑鄙了！

啊！心臟病突發！

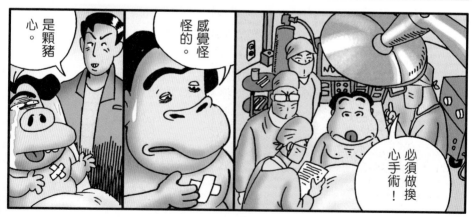

是顆豬心。

感覺怪怪的。

必須做換心手術！

出處　比喻暗中使用手段，以假換真，欺騙他人。語出《初刻拍案驚奇》：「豈知暗地移花接木，已自雙手把人家交還他。」

96

「ㄏㄨㄚˋ 畫 ㄌㄨㄥˊ 龍 ㄉㄧㄢˇ 點 ㄐㄧㄥ 睛」

⊙ 在創作上最重要之處加上一筆，使之更生動。

眼神是畫像中最重要的部分。

夕陽下的公主

所謂「畫龍點睛」。

點歪了變成鬥雞眼！

不要慌張！

再度發揮畫龍點睛的功能！

OK!

豔陽下的公主

出處 比喻繪畫、作文時在最重要之處加上一筆，使全體更加生動傳神。典出晉·王嘉《拾遺記·秦始皇》：「又畫為龍鳳，騫翥若飛，皆不可點睛。或點之，必飛走也。」

順水推舟

⊙比喻順應情勢的趨向去做事。

愛之船是一艘觀光客輪。

我是船長。

愛之船促成佳偶是順水推舟的事。

我會介紹他們認識。

船上有許多單身旅客。

推到了一艘海盜船。

都是你雞婆。

臭小子竟敢勾引我女兒！

SOS

出處

比喻順應情勢的趨向去做事，因此毫不費力。

語出《四字經‧戊己》：「梅花自酌，順水流舟。」

98

處事篇

請（くっ）君（り、ㄐㄩㄣ）入（ㄖㄨˋ）甕（ㄨㄥˋ）

⊙預先設好圈套，然後引誘敵人進來。

千面大盜善於易容術，對付他要用智慧。

是！

用這袋黃金當誘餌「請君入甕」。

報告長官警網布置妥當！

又上了他的當了！

多謝贈金

奇怪？這麼久了還不上鉤！

出處 比喻以其人之法，還治其人之身，亦比喻使人陷入已設計好的圈套。典出唐・張鷟《朝野僉載》：「即索大甕，以火圍之。起謂興曰：『有內狀勘老兄，請兄入此甕。』」

興ㄒㄧㄥ師ㄕ
問ㄨㄣ罪ㄗㄨㄟ

⊙比喻別人有
過錯，去和對
方理論。

我被丐
幫的
人圍
毆了！

叫你們幫
主出來！

找他們
興師問
罪！

以多欺少，
算何好漢！

你徒弟把
他們都打
掛啦！

我正找
你們興師
問罪哪！

出處 語出唐·樊綽《蠻書·名類》：「阿妳又訴於歸義，興師問罪。」
興，音ㄒㄧㄥ，興起、發動之意。師，軍隊。原指發動軍隊去聲討有罪之人。現多用以比喻人自覺
有理，而向他人理論。

雕ㄉㄧㄠ 蟲ㄔㄨㄥˊ
小ㄒㄧㄠˇ 技ㄐㄧˋ

⊙比喻微不足道的技藝。

我孫女的刺繡得到過全國首獎。

哼！雕蟲小技。

現在的電繡又快又美！

啊！衣服扯破了！

孫女，妳幫她縫一下吧！

嘻！雕了一隻大蟲。

出處　比喻微不足道的技能。語出《法言・吾子》：「或問「吾子少而好賦」。曰：『然。童子彫蟲篆刻。』俄而，曰：『壯夫不為也。』」

雙_{ㄕㄨㄤ}管_{ㄍㄨㄢˇ}齊_{ㄑㄧˊ}下_{ㄒㄧㄚˋ}

◎表示做一件事情時，同時用兩種方法。

好睏呀！白天貪玩，晚上沒精神寫功課。

對呀！用左右手一起寫，嘿！嘿！聰明嘛！

嗯！真是天才！

還懂得「雙管齊下」。

不過這種王羲之也瘋狂的書法，應該教訓一下！

雙管齊下！

咚！咚！咚！咚！咚！咚！咚！咚！咚！咚！咚！咚！咚！咚！咚！

出處　語出唐・朱景玄《唐朝名畫錄》：「張藻員外，衣冠文學，時之名流。畫松石、山水，當代擅價，惟松石特出古今得用筆法。嘗以手握雙管，一時齊下，一為生枝，一為枯枝，氣傲煙霞，勢凌風雨。

中飽私囊

ㄓㄨㄥ ㄅㄠˇ ㄙ ㄋㄤˊ

⊙承辦事務而從中取得不正當的利益。

貪財

我買這台電腦花了三十萬。

為什麼我公司買要花六十萬？

一定是被會計中飽私囊了！

我的辦公室她花了我五百萬！

我的會計花了我一千萬！

有人大飽私囊了！

出處 中飽，貪官污吏欺政府，騙百姓，從中取得財利。今多用在比喻中間經手貪污自肥。語出《韓非子‧外儲說右下》：「薄疑謂趙簡主曰：『君之國中飽。』簡主欣然而喜曰：『何如焉？』對曰：『府庫空虛於上，百姓貧餒於下，然而姦吏富矣。』」

左右逢源

ㄗㄨㄛˇ ㄧㄡˋ ㄈㄥˊ ㄩㄢˊ

⊙用以比喻得心應手，無往不利。

順 利

○○。

最近實在太順了！

左右逢源。

包工程有民代撐腰！

請執照有官員護航！

山坡地變建地，暴利幾十億！

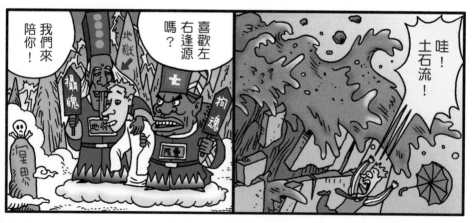

哇！土石流！

喜歡左右逢源嗎？

我們來陪你！

出處 比喻處事行文得心應手，非常順利。語出《孟子‧離婁下》：「資之深，則取之左右逢其原。」原，亦作源。

104

打腫臉充胖子
ㄉㄚˇ ㄓㄨㄥˇ ㄌㄧㄢˇ ㄔㄨㄥ ㄆㄤˋ ˙ㄗ

⊙沒有能耐的人，卻硬是裝出有能耐的樣子。

不借！不借！不借！

胖師父借我一些錢嘛！

大師兄！野狗幫來找碴啦！

打腫臉充胖子！

沒錢還要請女生看戲！

我正在氣頭上！

哇！全都被打成腫臉胖子啦！

 出處 俗語。比喻人愛面子，充闊氣。

好高騖遠

ㄏㄠˇ ㄍㄠ ㄨˋ ㄩㄢˇ

⊙ 比喻理想高而不切實際。

將來我要像畢卡索一樣厲害。

你不要太好高騖遠了吧！

能夠像阿畢就不錯啦！

阿畢是哪一國的大畫家？

刷油漆的阿畢伯。

出處 騖：馬狂馳亂奔。語出《宋史・程顥》：「病學者厭卑近而騖高遠，卒無成焉。」

⊙形容做事沒有原則，意志不堅，哪邊有利於己就朝哪邊去。

見（ㄐㄧㄢˋ）風（ㄈㄥ）轉（ㄓㄨㄢˇ）舵（ㄉㄨㄛˋ）

泰山！有一隻大猩猩欺負我！

就是這個大頭呆！

啊！

你別怕！我替你教訓牠！

您的成語造詣真是高超呀！

你這種表現，就叫作「見風轉舵」。

金剛大爺，牠剛才太調皮了！

吼！

出處　比喻隨機應變，視情況而行動。
宋・釋普濟《五燈會元》：「看風使舵，正是隨波逐流。」

107

枉費心機 ㄨㄤˇ ㄈㄟˋ ㄒㄧㄣ ㄐㄧ

◎空費心思，毫無所得。

本官立志要宵小絕跡。

長他人志氣，滅自己威風！

嘟！

勸您不要枉費心機。

本城飛賊無孔不入。

哼！

哼！

我擬好了緝捕祕笈。

天羅地網，插翅難飛。

哇！祕笈被偷啦！

哈哈！枉費心機了吧！

出處 形容徒勞無功。語出宋・劉克莊〈諸公載酒賀余休致水村農卿有詩次韻〉詩一〇首之一：「高屋從來有鬼窺，鐵門關枉費心機。」

旁門左道

ㄆㄤˊ ㄇㄣˊ ㄗㄨㄛˇ ㄉㄠˋ

⊙不正當的做事方法。

聽說用幸運草遮住左眼可以看到仙女。

哼!

只有愚昧的人才會相信這種旁門左道。

那還等什麼？我們快去找幸運草！

出處

左道，邪道。指邪道妖術，或形容一切不正常的做事方法。
《禮記・王制》：「執左道以亂政，殺。」

 出處　倫：同類。絕倫：沒有可以相比的。形容言行荒唐、不合情理到了極點。語見《掃迷帚》：「其說荒謬絕倫，更可付諸一笑。」

110

偷雞不著蝕把米

⊙想貪便宜反而吃虧。

出處 想偷人家的雞沒偷到，反而平白失去一把米。用以比喻想占便宜不成，反倒吃了虧。語出清‧錢彩《說岳全傳》第二十五回：「這廝公好晦氣！卻不是『偷雞不著，反折了一把米。』」

出處 語出魯迅《二心集·善於翻譯的通信》：「現在粗製濫造的翻譯，不是這班人幹的，就是一些書賈的投機。」

我們是鳩鳥。

自己不太會築巢。

⊙比喻一個人占據別人原來所持有的事物。

鵲（ㄑㄩㄝˋ）巢（ㄔㄠˊ）鳩（ㄐㄧㄡ）占（ㄓㄢ）

所以常常去占據別種鳥的巢穴。

鵲鳥的技術真不賴，做的巢愈來愈大了！

好傢伙！竟敢想「鳩占鷹巢」！

嘗嘗我的「鷹爪功」！

哇！想占便宜的後果！

出處 語出《詩經‧召南‧鵲巢》：「維鵲有巢，維鳩居之。」

並行不悖

⊙兩件事情同時進行時，並不會相互牴觸衝突。

出處 悖：違背、相牴觸。語出《禮記·中庸》：「萬物並育而不相害，道並行而不相悖。」

始作俑者 ㄕˇ ㄗㄨㄛˋ ㄩㄥˇ ㄓㄜˇ

⊙比喻首創惡例或率先作惡的人。

是誰亂塗牆壁？

都是皮皮叫我畫的。

老師！

是我畫的。

叫你畫怪物，為什麼畫老師？

他很怪嘛！

原來你是始作俑者。

出處　作：製造。俑：古代用來陪葬的木偶人或泥偶人。語出《孟子・梁惠王》：「仲尼曰：『始作俑者，其無後乎？』」

盜ㄉㄠˋ 亦ㄧˋ
有ㄧㄡˇ 道ㄉㄠˋ

⊙做惡之人，留人餘地，不過分強人所難。

搶劫啊！

錢拿出來！

您真是盜亦有道！

真悲慘，我有五百元，妳拿去用吧！

老闆跑路，三個月沒領薪水。

啊！怎麼個銅板！只有三

他就是老闆！

哇！全都是當票和借據！

這次一定要逮個肥羊來捕。

出處　意謂強盜也有其原則、方法。道：道義。
語出《莊子·胠篋》：「故跖之徒，問於跖曰：『盜亦有道乎？』」

116

1月	工作	休
2月	工作	休
3月	工作	休
4月	工作	休
5月	工作	休
6月	工作	休
7月	工作	休
8月	工作	休
9月	工作	休
10月	工作	休
11月	工作	休
12月	工作	休

一 暴（ㄆㄨ） 十 寒（ㄏㄢ）

⊙沒有恆心毅力，做事停的時候比做的時候多，難以成功。

這張圖畫了一個多月還沒完成？

根本就是一暴十寒！

朋友多，應酬多，事情多…

我忙嘛！

你的「一暴十寒」雕完成了嗎？

刻了一年才刻了個「一」字！

我忙嘛！

出處 暴，同曝，露於日光下曬。寒，置於陰暗無日光處。全句是說：曝曬一天，寒凍十天。比喻做事求學，斷斷停停，不能持久。語出《孟子・告子》：「雖有天下易生之物也，一日暴之，十日寒之，未有能生者也。」

三（ㄙㄢ）天（ㄊㄧㄢ）打（ㄉㄚˇ）漁（ㄩˊ）兩（ㄌㄧㄤˇ）天（ㄊㄧㄢ）曬（ㄕㄞˋ）網（ㄨㄤˇ）

⊙比喻求學或做事時斷時續沒有恆心。

你怎麼又不練拳了？

我腳痛！

昨天牙疼，今天腳痛！

藉口一大堆！

三天打漁，兩天曬網。永遠不會成功。

您不是說要減肥，三天不吃東西？

呃！昨天頭暈，今天……啊……嗯……

彼此彼此啦！

出處　多用來批評人沒有恆心，不能堅持。語出清・曹雪芹《紅樓夢》第九回：「因此也假說來上學，不過是三日打魚，兩日曬網，白送些束脩禮物與賈代儒。」

妄自菲薄

ㄨㄤˋ ㄗˋ ㄈㄟˇ ㄅㄛˊ

⊙形容一個人沒有信心，把自己當成不中用的人。

導演真的決定用我當女主角啦！

哎呀！怎麼可以這麼「妄自菲薄」呢？

可是，我一直對自己的容貌沒信心！

因為妳拍鬼片不必再化妝了！

妳是我心目中的最佳人選。

出處 語出諸葛亮〈出師表〉：「誠宜開張聖聽，以光先帝遺德，恢弘志士之氣，不宜妄自菲薄，引喻失義，以塞忠諫之路也。」菲，音ㄈㄟˇ；菲薄，微薄，看輕的意思。

出處

語出宋《碧巖錄》卷一：「道個佛字，拖泥帶水；道個禪字，滿面慚惶。」
宋釋道元《五燈會元》：「獅子翻身，拖泥帶水。」比喻糾纏牽扯。

苟《ㄍㄡˇ》且《ㄑㄧㄝˇ》偷《ㄊㄡ》安《ㄢ》

⊙ 不努力振作，過一天算一天，只求眼前舒服的生活。

苟且偷安！

中午吃得太飽晚上再畫吧！

晚上心情不好，明天再畫吧！

還在苟且偷安！

生病了快去看醫生！

電視劇真好看，明早再去。

你去死吧！

外面太熱，晚上再死吧！

真是個「苟人」！

出處 形容得過且過，只圖眼前安逸，不顧將來。「苟且」語出：《漢書・何武王嘉師丹傳・王嘉》：「然後上下相望，莫有苟且之意。」「偷安」語出漢・賈誼《新書・數寧》：「火未及燃，因謂之安，偷安者也。」

漫ㄇㄢ 不ㄅㄨ 經ㄐㄧㄥ 心ㄒㄧㄣ

⊙做事草率，隨隨便便不用腦筋。

你是怎麼回事？做菜漫不經心！

炒飯裡面有石粒！

蒸蛋裡面還有蛋殼！

魚排煎的比石頭還硬！

那是我掉的錢包！

出處

漫，散漫。經，理會。經心，用心理會。形容人用心不專，做事草率。與「掉以輕心」、「心不在焉」意義相同。

語出宋・陳亮〈與徐大諫書〉：「今也不然，獨亮自以生長明公之里中，又嘗拜伏門下，不可謂無一日之雅，則於明公之舉動，烏能漫不經意於其間？」

成語字謎 3

難度 ★★☆

讀到這裡，相信你已經對成語用法愈來愈有自信！奠定良好基礎後，很多知識都可以觸類旁通、自在運用喔！下頁的表格裡，共有8組成語缺字填空，快來動動腦，把空格補上吧！

下方有提示喔！

巾幗英雄

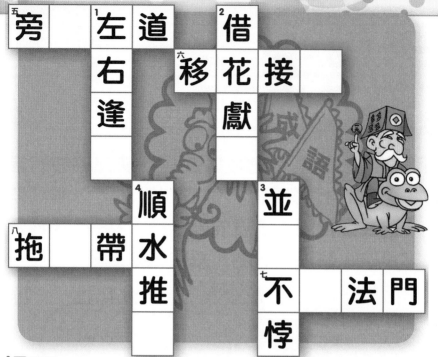

旁　左道　借
右　移花接
逢　獻
順　並
拖　帶水　不　法門
推　悖

提示：

（直）

1 左右兩邊都能夠得到水源，形容得心應手。

2 借用別人的花來供佛，比喻借用他人的物品來做自己的人情。

3 形容事情同時進行，不會互相妨礙。

4 順著水流推船，比喻順應情勢行事。

（橫）

五 原來是指不正派的宗教派別，現在用來形容不正派的方法和行為。

六 將花木的枝條插接到別種花木上，比喻使用手段，以假亂真來欺騙他人。

七 比喻唯一的方法或是途徑。

八 形容人做事拖拖拉拉。

（這些成語躲在P87～122！你記得剛剛是誰教團和哪些詞彙了嗎！）

答案：1.左右逢源、2.借花獻佛、3.並行不悖、4.順水推舟、5.旁門左道、6.移花接木、7.不二法門、8.拖泥帶水

124

裹足不前

ㄍㄨㄛˇ ㄗㄨˊ ㄅㄨˋ ㄑㄧㄢˊ

⊙因為有所顧忌，所以停止不前。

我不去！

我們去游泳吧！

我們去玩溫輆輆好了！

小時候洗澡差點溺斃！

為何裹足不前？

剛出生時掉到地上差點摔扁！

你為何裹足不前？

我不去！

出處　語出《戰國策‧秦策》：「臣之所恐者，獨恐臣死之後，天下見臣盡忠而身蹶也，是以杜口裹足，莫肯即秦耳。」另見《史記‧李斯列傳》：「天下之士退而不敢西向，裹足不入秦。」蹶，ㄐㄩㄝˊ，跌倒。杜口，閉口不言。

醉（ㄗㄨㄟˋ）生（ㄕㄥ）夢（ㄇㄥˋ）死（ㄙˇ）

⊙比喻糊塗過日，從生到死，有如酒醉作夢。

在前線還喝酒！真是醉生夢死。

請原諒我吧！長官。

是因為在這裡作戰太苦悶，心繫家鄉啊！

噢！溫柔的麗莎，妳生的嬰兒還沒見過他的父親哪！

問題是麗莎是情婦，不是我老婆。

我很感動，立刻讓你回去看太太。

謝謝長官。

 出處

形容生活目的不明確，過得糊裡糊塗。語出宋·程頤〈明道先生行狀〉：「雖高才明智，膠於見聞，醉生夢死，不自覺也。」

墨守成規

⊙拘泥於現況，不知隨時隨地作適當的改變。

龜王規定唱歌一定要唱愛龜歌曲！

劣法

這是什麼規定？

小孩子不能唱兒童歌嗎？

上面規定的，不可以改變！

真是墨守成規！

自己卻在唱靡靡之音！

我要去檢舉你不守規定！

出處 形容思想保守，固守舊規矩不肯改變。明·黃宗羲《錢退山詩文序》：「如鐘嶸之《詩品》，辨體明宗，固未嘗墨守一家以為准也。」

⊙隱瞞病情畏懼醫治，引申用來比喻隱瞞過錯缺失，不接受勸導。

諱（ㄏㄨㄟˋ）疾（ㄐㄧˊ）忌（ㄐㄧˋ）醫（一）

哎呀！你發燒啦！

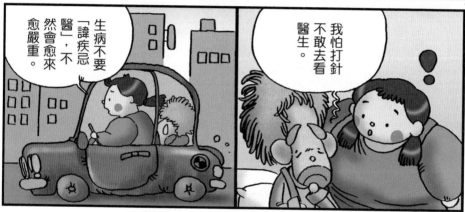

生病不要「諱疾忌醫」，不然會愈來愈嚴重。

我怕打針不敢去看醫生。

我怕拔牙，所以牙疼不敢看牙醫。

咦？大夫面色鐵青好像很不舒服。

出處 語出宋·周敦頤《周子通書》：「今人有過，不喜人規，如諱疾而忌醫，寧滅其身而無悟也。」
本作「護疾忌醫」。
諱疾，隱瞞過失的意思。

隨波逐流

ㄙㄨㄟˊ ㄅㄛ ㄓㄨˊ ㄌㄧㄡˊ

⊙批評人毫無主見，易受外界左右。

社會風氣敗壞，我們千萬不可以隨波逐流。

我們應該誠心的去開導他。

萬一有人隨波逐流呢？

大師兄正在隨波下沉！

哇！我抽筋啦！

太慢就完蛋啦！

不行呀！師父。

出處　語出《史記‧屈原列傳》：「舉世混濁，何不隨其流而揚其波？」
《三國演義》第七十四回：「七軍亂竄，隨波逐浪者，不計其數。」
《醒世姻緣》第五十三回：「這樣沒主意、隨波逐浪的人，不打他，更打那個？」

聽天由命

ㄊㄧㄥ ㄊㄧㄢ ㄧㄡˊ ㄇㄧㄥˋ

⊙任隨天意命運安排,而不去努力積極的挽回。

車子沒油了!

去找油啊!

只有聽天由命了。

可是外面有獅子!

人類坐在怪盒子裡。

會殺我們嗎?

只有聽天由命了。

出處 語出漢・孔臧〈鴞賦〉:「禍福無門,唯人所求,聽天任命,慎厥所脩。」
聽,音ㄊㄧㄥˋ,任憑。由,任隨。天命,上天自然的安排。

草草了事

⊙形容凡事苟且，草率了結。

（第二格）遙控飛機是很精密的。不可以草草了事。了了！我先去飛囉！

（第三格）哇！摔機啦！你的廢機可以丟進垃圾筒了！怎麼可以草草了事！

出處「草草」語出唐・杜甫〈送長孫九侍御赴武威判官詩〉：「問君適萬里，取別何草草？」「了事」語出《新五代史・雜傳・鄭珏》：「事急矣，寶固不足惜，顧卿之行，能了事否？」形容匆忙隨便地解決事情。

馬ㄇㄚ 馬ㄇㄚ 虎ㄏㄨ 虎ㄏㄨ

⊙形容苟且隨便的意思。

我是卓九勒陰暗城堡的主人，黑色世紀的吸血鬼。

每當彎月來臨之時，我就要出來吸食人血。

你找死嗎？我有B型肝炎！

唉！「馬馬虎虎」將就一下吧！

我有AIDS，你也想要嗎？

NO

語出《孽海花》第六回：「打敗仗時原定喪失權利的和約。馬馬虎虎逼著朝廷簽定，人不知鬼不覺依然把越南暗送。」

大刀闊斧

ㄉㄚˋ ㄉㄠ ㄎㄨㄛˋ ㄈㄨˇ

⊙比喻做事有魄力。

賭博電玩敗壞社會風氣，我要大刀闊斧的取締。

路邊攤販是都市之瘤，我要大刀闊斧的取締。

色情行業充斥，我要大刀闊斧的取締。

新局長能大刀闊斧的革新，真是市民之福。

我唸的是前任局長就職時的舊稿。

抓狂的市民

出處　語出《水滸傳》第四十七回：「李逵、楊雄前一隊做先鋒，使李俊等引軍做合後，穆弘居左，黃信在右，宋江、花榮、歐鵬等中軍頭領，搖旗吶喊，擂鼓鳴鑼，大刀闊斧，殺奔祝家莊來。」形容做事果斷、有魄力。亦可形容砍斷有力。

處事篇

以一逸待ㄉㄞˋ勞ㄌㄠˊ

⊙在戰爭或比賽中，一方安逸地等待另一方勞苦奔波前來。

這塊高地進可攻、退可守。

我方在此等候敵軍前來，予以痛擊。

這個「以逸待勞」的戰術，將使我一戰成名！

「以逸待勞」又不是你的專利！

討厭！你怎麼可以學我呢？

 出處

語出《孫子·軍爭》：「以近待遠，以逸待勞，以飽待飢，此治力者也。」
逸，安逸。勞，疲勞。是說自己處在安逸的地位，來對待遠來疲勞的敵人。

134

方大俠是位非常有原則的人。

有條不紊
一ㄡˇ
ㄊㄧㄠˊ
ㄅㄨˋ
ㄨㄣˋ

處理事務有條理，不混亂。

1、2

1 2、1、2

他做任何事都有條有理、井然有序。

嗯

他的穿著有稜有角、又挺又直。

十公分、十一點五公分……

連吃麵都要用尺量太有條不紊啦！

我要一碗麵、兩根筷子、八分滿的湯，十分鐘送到。

就是點菜也不含糊。

出處 語出《書經·盤庚上》：「若網在綱，有條而不紊；若農服田，力穡乃亦有秋。」指條理分明，有次序而不雜亂。

哇！船觸礁了！

BOOON!

有備無患

◎凡事有預備，方可免後患。

鯊魚出現了！

完蛋啦！

幸好我準備了救生艇。

鯊牙整型美容

別慌！我也準備了防鯊的工具。

出處 語出《書經・說命中》：「惟事事乃其有備，有備無患。」比喻事先有準備，即可免除後患。

136

改_{ㄍㄞˇ}弦_{ㄒㄧㄢˊ}易_{ㄧˋ}轍_{ㄔㄜˋ}

⊙處理事情時，改變原來的方向，採用新的方法。

出處 語出宋・王楙《野客叢書・張杜皆有後》：「使其子孫改弦易轍，務從寬厚，亦足以蓋其父之愆。」比喻改變制度、做法或態度。

出處 事：做。功：功效。下了兩倍的功夫卻沒有一定的功效，指用力多、收穫小，工作效率低。為「事半功倍」的反義。

語出《孟子‧公孫丑上》：「故事半古之人，功必倍之，惟此時為然。」

本人經營顧問公司。

專門為人解決問題。

老神顧問公司

我需要貴公司的協助。

歡迎光臨。

這句成語也正是本公司的服務宗旨。

代借籌箸

有什麼事需要本公司為您效勞？

我養殖的跳蚤賣不出去。

哇！

哇！

出處 語出《史記・留侯世家》：秦末楚漢相爭，酈食其勸劉邦立六國後代，共同伐楚。有天，劉邦正在用餐，張良晉見，認為此計不可行。張良說：「臣請藉前箸，為大王籌之。」箸，音ㄓㄨˋ，筷子。籌，策劃。比喻代人策劃的意思。

139

神機妙算

⊙對事情的猜測非常準確，計算精妙。

酷夏即將來臨，正是進攻的季節。

將！第一勇的算，真是朕算，真是朕包將軍神機妙

揮軍突擊必可獲勝！

趁著蠻族缺水，牧草糧食短缺。

我們比蠻族更缺水！

酷夏來臨了，問題也來了。

 出處

神機，推算準確，如神一般。形容料事如神，計算精妙準確，毫無失誤。
語出唐・劉知幾〈儀坤廟樂章〉詩：「妙算申帷幄，神謀出廟廷。」

出處　語出《左傳·昭公十七年》：「彗，所以除舊布新也。」彗，讀ㄏㄨㄟˋ，掃帚。形容革新與求進。

141

捨（ㄕㄜˇ）近（ㄐㄧㄣˋ）求（ㄑㄧㄡˊ）遠（ㄩㄢˇ）

⊙做事不切實際，不知用最直接、簡單的方法去處理。

去美國買漢堡。

捨近求遠。

捨近求遠。

去巴西買香蕉。

到香港買豆漿。

捨近求遠。

到北極買冰塊！

捨近求遠。

去哪裡才不算遠呢？

 出處

語出《孟子・離婁上》：「道在邇而求諸遠。」
《後漢書・臧宮傳》：「舍近謀遠者，勞而無功；舍遠謀近者，逸而有終。」
「捨」通「舍」字。

142

出處 語出《史記・高祖本紀》：「如此則楚所備者，多力分，漢得休；復興之戰，破楚必矣！」
比喻防備敵人來襲處太多，則兵力分散，容易被敵人乘機攻擊。

寧缺勿濫

ㄋㄧㄥˊ ㄑㄩㄝ ㄨˋ ㄌㄢˋ

⊙人、事、物,寧可缺乏不足,也不要太多而造成浮濫。

職棒選手除了技術、體力,還要有良好的外在形象。

所以寧缺勿濫,才能維持全隊的水平!

總教練,這位是新來的……

肉鬆了,皮垂了,還想打職棒?回去養老吧!

我愛隊心切,請包涵!

他是新來的領隊!

出處

濫,浮濫,多而不適當。表示一切人、事、物,寧可缺乏不足,絕不濫取之意。
語出《左傳·襄公二十六年》:「善為國者,賞不僭而刑不濫……若不幸而過,寧僭不濫。」
清·李綠園《歧路燈》第五回:「即令寧缺勿濫,這開封是一省首府,祥符是開封首縣,卻是斷缺不得的。」

臨(ㄌㄢ)渴(ㄎㄜˇ)掘(ㄐㄩㄝˊ)井(ㄐㄧㄥˇ)

⊙事先不準備，事後才想法子。

哎呀！飛機失靈啦！

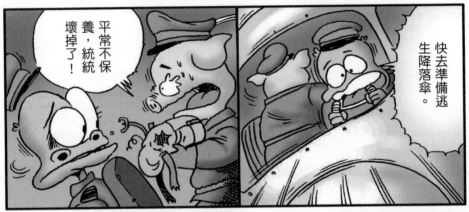

快去準備逃生降落傘。

平常不保養，統統壞掉了！

事到臨頭，只有隨機應變了。

小朋友，千萬別做臨渴掘井的事！

WOOOO

出處　語出《黃帝內經素問‧四氣調神大論》：「病已成而後藥之，猶渴而掘井，鬥而鑄兵，不亦晚乎！」

亡ㄨˊ羊ㄧㄤˊ補ㄅㄨˇ牢ㄌㄠˊ

這句成語是比喻做錯事後補救的意思。

你要回家看書嗎？

所以今天想跟老師請假。

今天考不好是因為昨天看了一整晚的錄影帶連續劇。

我是要回家把最後幾集看完。

他懂得認錯，事後補救，還不算遲。

出處 語出《戰國策・楚策四》：「亡羊而補牢，未為遲也。」
注：「牢，閑養之圈也。以喻王懲而悠後患，猶未為遲。」
亡，走失。牢，畜牛羊之攔。

防患未然 (ㄈㄤ ㄏㄨㄢˋ ㄨㄟˋ ㄖㄢˊ)

⊙在禍害未發生前，先予防範。

防患未然

颱風來臨必須做好防颱工作。

對！防患未然，以策安全！

皮皮來玩球！

來囉！

防患未然！

果不其然。

出處　在禍患還沒發生前，事先做好預防工作。
語出《易經・既濟卦・象》：「水在火上。既濟，君子以思患而豫防之。」

147

防微杜漸
ㄈㄤˊ ㄨㄟ ㄉㄨˋ ㄐㄧㄢˋ

⊙謹慎防範事情的產生和逐漸擴大。

偷鉛筆！

真是太無恥了！

小時候是小偷，長大是大盜。

我一定要防微杜漸，制止你這種行為。

更何況我偷回來的鉛筆不夠你用嗎？

要防微杜漸，你要先以身作則！

出處

語出漢・丁鴻〈日食上封事〉：「若敕政責躬，杜漸防萌，則凶妖銷滅，害除福湊矣。」形容在錯誤或壞事萌芽的時候及時制止，杜絕它發展。

148

天有不測風雲，平常要做好防災的工作。

居安思危

⊙在安全時不忘艱危。

嗯！看來你還真有居安思危的心理。

我準備了防火的滅火劑和水災用的救生筏。

這是防範盜賊用的！

咦？窗戶旁的按鈕是做什麼用的？

處於安樂的時候，要想到危險可能會隨時出現。語出《左傳‧襄公十一年》：「《書》曰：『居安思危。』思則有備，有備無患，敢以此規。」

出處

鞠（ㄐㄩ）躬（ㄍㄨㄥ）盡（ㄐㄧㄣ）瘁（ㄘㄨㄟ）

⊙盡心盡力，不辭勞苦。

嗯！

每次吃烤肉，就想到胡人。

嘿喲

笑談渴飲匈奴血！

嘿喲

嘿！！

壯志飢餐胡虜肉！

皇上連吃肉都不忘收復失土

！

我只是想吃肉加點「胡椒」風味更佳！

我願為皇上光復河山，鞠躬盡瘁，死而後已！

出處　語出三國蜀・諸葛亮〈後出師表〉：「臣鞠躬盡瘁，死而後已。」
鞠躬，彎曲身體。盡瘁，竭盡勞苦，盡心盡力之意。用以形容人竭盡心力，不辭勞苦。

出處 形容專心致志，努力做事。語出邵雍《思山吟》：「果然得手情性上，更肯埋頭利害間。」

出
處

形容人做事小心謹慎，辛勤努力。兢兢，危懼的樣子。業業，警惕小心的樣子。語出《書經・皋陶謨》：「兢兢業業，一日二日萬幾。」《詩經・大雅・雲漢》：「旱既大甚，則不可推，兢兢業業，如霆如雷。」

152

嘔心瀝血的詩集終於完成了。

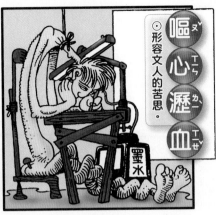

⊙形容文人的苦思。

嘔ㄡˇ
心ㄒㄧㄣ
瀝ㄌㄧˋ
血ㄒㄩㄝˋ

靈水

寫得很動人，一張稿費五十元。

詩人

快拿去出版社發表。

沙丁巴士

好好活著吧！我一張才二十元。

漫畫人

扼殺創作！我要以死明志。

出處

嘔，音ㄡˇ，吐出。瀝，音ㄌㄧˋ，滴下。形容人費盡心思，絞盡腦汁的樣子。
「嘔心」語出南朝梁・劉勰《文心雕龍・隱秀》：「嘔心吐膽，不足語窮。」「瀝血」語出南朝梁・
元帝〈與諸藩令〉：「瀝血叩心，枕戈嘗膽，其故何哉？」

ㄈㄟˋ 廢 ㄑㄧㄣ 寢 ㄨㄤˋ 忘 ㄕˊ 食
⊙形容對事情很專注，忘了睡覺、飲食。

整天廢寢忘食。
兒子成了上網狂！

累出病來了！
快去看醫生！

我上網查醫院。
等一下！

好吧！
等明天再去看吧！
Why？

等我把金庸全集看完！
不要廢寢忘食！

出處

形容做事專心一志，忘記吃飯和睡覺。
語出《魏書・閹官傳・趙黑傳》：「黑自為許所陷，歎恨終日，廢寢忘食，規報前怨。」

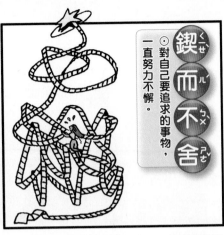

鍥（ㄑㄧㄝˋ）而（ㄦˊ）不（ㄅㄨˋ）舍（ㄕㄜˇ）

⊙對自己要追求的事物，一直努力不懈。

偵辦案件要有鍥而不舍的精神。

蛛絲馬跡都是破案的線索。

跋山涉水也要找到真兇。

發現罪犯的老巢了。

去年在我頭上拉屎的就是你！

哇！您真是鍥而不舍！

 出處

鍥，音ㄑㄧㄝˋ，以刀刻物。舍，音ㄕㄜˇ，通「捨」，停止。用以比喻努力不懈。語出《荀子‧勸學》：「鍥而不舍，金石可鏤。」鏤，音ㄌㄡˋ，雕刻。

155

不見棺材不掉淚

⊙不到徹底失敗的時候不知痛悔。

馬大個！這是你第十次犯案了！

不見棺材不掉淚。

下次再犯，叫你永遠躺在裡面！

不要！我不要！下次不敢了！

瞧這個惡棍嚇得發抖啦！

棺材太小，擠得很難過！

出處 比喻不到最後絕望的時候不死心，或不看到最後絕望的結果不罷休。常用來指責人非常固執。語出明·蘭陵笑笑生《金瓶梅》第九十八回：「常言說得好，恨小非君子，無毒不丈夫，咱如今將理和他說，不見棺材不下淚，他必然不安。」

156

不到黃河 心不死

⊙遇到不可能的事偏偏要做，直到絕望才停止。

長生仙丹

他又在練天蠶功了！

呼！

我看他是不到黃河心不死！

哼！

大師父說練天蠶功可以返老還童！

哇！真的返老還童啦！

嗨！

乖孫！

爺！

原來是他的孫子。

出處 不達到目的絕對不肯罷休。語出清·李寶嘉《官場現形記》第十七回：「這種人不到黃河心不死，現在我們橫豎不落好，索性給他一個一不做二不休，你看如何？」

打退堂鼓

ㄉㄚˇ ㄊㄨㄟˋ ㄊㄤˊ ㄍㄨˇ

⊙比喻跟人共同做事卻中途退縮。

潛入烏龍院盜取祕笈！

我不想結婚了

唔！

看來不太容易得手。

喂！你怎麼打退堂鼓啦！

打退堂鼓了！

啊！

我的馬呢？

出處　古代縣官退堂時必定會擊鼓，用來比喻一個人做事半途而退。堂：公堂。

語出元・關漢卿《竇娥冤》第二折：「左右打散堂鼓，將馬來，回私宅去也。」

成語字謎 4

難度 ⭐⭐

看漫畫學成語不但有趣又好玩，還有「事半功倍」之效！你一定也感覺到自己的語文能力在不知不覺中進步了吧！下頁的表格裡，共有9組成語缺字填空，請動動腦，把空格填上吧！

下方有提示喔！

提示：

直

1. 不達目的絕不罷休，比喻不到無路可走的狀況不願死心。
2. 腳被包住，不利前行，形容有所顧忌而停止腳步，不敢去做。
3. 比喻做事隨便不認真。
4. 趁著禍患還未發生之前，便有所防範。

橫

五 比喻做事條理分明，很有次序而不雜亂。
六 形容態度隨便，沒有細心注意。
七 指士兵依據主將的馬頭決定行進方向，形容追隨他人進退。
八 在錯誤剛開始時，及時杜絕發展的可能。
九 形容要事到臨頭，才會悔恨。

（這些答案就在P125～158！先記住的解答翻翻書再看吧一下吧！）

語出《後漢書·馬援列傳》:「嘗謂賓客曰:『丈夫為志,窮當益堅,老當益壯。』」

明哲保身

⊙明白自己的處境，選擇對自己有利的作法，以保全名譽或生命。

阿明，晚上出來飆車！

砂石車輾斃超速機車騎士。

萬一出狀況，痛苦的不只是自己。

我看還是明哲保身吧！

喂！阿標在嗎？

告訴他我不去了！

他剛才撞死啦！

出處 哲，能洞察事情的真相。用以指稱一個人處身在複雜的環境中，能明察事理，作最適當的處置，以保全自己的身命。語出《詩經・大雅・烝民》：「既明且哲，以保其身。」

朝三暮四

⊙比喻心志不堅，操守不定，一時這樣，一時又那樣。

出處　比喻人的心思不定、意志不堅，且缺乏判斷力。語出《莊子·齊物論》：「狙（ㄐㄩ）公賦芋，曰：『朝三而暮四，』眾狙皆怒：曰：『然則朝四而暮三，』眾狙皆悅。名實未虧，而喜怒為用，亦因是也。」

愚公移山 ㄩˊ ㄍㄨㄥ ㄧˊ ㄕㄢ

⊙只要有恆心，再困難的事也能完成。

中國古代愚公移山的精神實在令人敬佩。

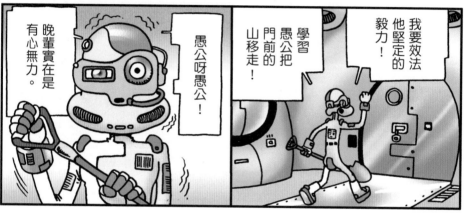

愚公呀愚公！

晚輩實在是有心無力。

學習愚公把門前的山移走！

我要效法他堅定的毅力！

這種山移到其他地方還是垃圾。

2200

注意輻射

 出處

與「磨杵成針」、「有志竟成」義同。語出《列子‧湯問》的愚公移山故事。庾信哀江南賦：「豈冤禽之能塞海，非愚叟之可移山。」冤禽，指精衛鳥，相傳為神農氏之女，溺死海山，化為鳥，銜石以填海。

164

一、意興闌珊

T一ㄥ ㄌ弓 ㄕㄢ

⊙本來很有興致，而這時卻已打不起精神了。

出處　闌珊，音ㄌㄢˊ ㄕㄢ，減退而漸漸衰竭。形容一個人興趣已盡的樣子。語出唐・白居易〈詠懷〉詩：「白髮滿頭歸得也，詩情酒意漸闌珊。」

當機立斷
ㄉㄤ ㄐㄧ ㄌㄧˋ ㄉㄨㄢˋ

⊙做事有魄力，遇到難題
會果斷解決。

為天皇作戰，
要有犧牲的
精神。

是！
機長。

當機
立斷

遇到狀況
要當機立
斷。

是！
機長。

不好！油料
快用完啦！

必須拋棄
重物才能
返航！

是！
機長。

哇！機長
真是當機
立斷！

出處 當，面對。機，事情還未發生之前的預兆。斷，下決斷。形容一個人具有果斷力，能掌握事情的先機，立即決斷。語出三國魏‧陳琳〈答東阿王牋〉：「君侯體高世之才，秉青泙、干將之器，拂鐘無聲，應機立斷。」

ㄡˇ ㄉㄨㄢˋ ㄙ ㄌㄧㄢˊ

耦斷絲連

⊙ 比喻表面上斷絕了關係，實際上仍然牽連著。

右欄： 我和甲君分手，因為他最近結婚了。

中欄： 但是我們愛得太深，所以仍然耦斷絲連。

左欄： 就是今天！他要和我偷偷幽會啦！

右欄： 真慶幸我嫁了一個忠厚老實的丈夫。

左欄： 我老婆說今天在酒館裡有隻母猴在發瘋。

 出處 用以比喻情意未絕，多用於男女情感上。
語出唐・孟郊〈去婦詩〉：「妾心耦中絲，雖斷猶連牽。」

休戚相關
（ㄒㄧㄡ ㄑㄧ ㄒㄧㄤ ㄍㄨㄢ）

⊙比喻雙方禍福相關，大家要共同承擔後果。

我們小狗隊要有休戚相關的精神。

不論成功或失敗，榮辱與共。

是哪一個笨瓜丟的球？

一群休戚相關的傻瓜。

出處

語出《國語‧周語下》：「為晉休戚，不背本也。」休，平安福善。戚，憂慮哀苦。
形容二人同甘共苦，彼此間的禍福利益相關聯；也可說「休戚與共」。

共 ㄍㄨㄥˋ
襄 ㄒㄧㄤ
盛 ㄕㄥˋ
舉 ㄐㄩˇ

⊙共同出力贊助，來完成一件大事。

請長老出面主持募款活動！

謝謝您鼎力相助，我要去夏威夷了！

請各位蛋頭鄉親共襄盛舉大力贊助！

蛋殼醫院籌募會

到夏威夷？

好耶！

我也共襄盛舉！

我蜜月旅行您去做什麼？

JUMP!

出處
襄，ㄒㄧㄤ，幫助。盛舉，大事。此語多用以形容大家共同贊助，以完成大事。
語出《左傳·定公十五年》：「葬定公，雨，不克襄事，禮也。」

处事篇

同甘共苦
ㄊㄨㄥˊ ㄍㄢ ㄍㄨㄥˋ ㄎㄨˇ
◎表示人彼此之間共患難，共安樂。

公司倒閉，合夥人都跑光了。

當初每個人都發誓，要同甘共苦。

結果只剩下我來收拾殘局。

這個社會要同甘共苦簡直是神話。

主人，我願與您同甘共苦。

狗兄弟們送晚餐來啦！

人不如狗哇！

 出處 比喻人與人之間能同歡樂共患難。又作「甘苦與共」。語出《戰國策·燕策》：「燕王弔死問生，與百姓同其甘苦。」

170

出處 志，志向。道，道路。
志向與道路相同、合和。比喻理想和做事的方式都相似的夥伴。
語出漢・王充《論衡・逢遇》：「道雖同，同中有異，志雖合，合中有離。」

息（ㄒㄧ）息（ㄒㄧ）相（ㄒㄧㄤ）關（ㄍㄨㄢ）

⊙形容兩者關係十分密切。

拜託你吃飯不要狼吞虎嚥嘛！

…我慢

我慢，我慢…

飲食習慣和健康是息息相關的！

我吃飯和您的神經病息息相關嗎？

拜託你吃飯不要慢吞吞的嘛！

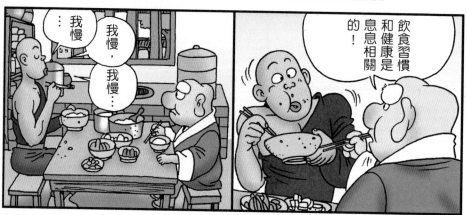

出處 是說兩者關係十分密切，如同呼吸的出入連續不斷。息，呼吸。比喻兩者關係密切，相互影響。與「休戚相關」、「痛癢相關」義同。語出清・延君壽〈老生常談〉：「選古人五七古詩若干首，讀萬遍或數萬遍，熟其音節氣味，心解神悟，久久覺得……我之形神與古人之氣脈息息相關。」

172

一步一腳印

⊙ 比喻做事踏實、不馬虎。

將來我要做大廚師，賺大錢孝敬師父。

我將來要考狀元，做大官來報答師父！

你們的孝心我很感動。

但是先要把功課學好。

一步一腳印。

要腳踏實地。

我要一天減肥十公斤！

一步一腳印吧！

出處　語出老舍《四世同堂》：「可是，責備自己便是失去自信，而她向來是一步一個腳印兒的女光棍。」

出處
板，舊戲劇伴奏音樂的綽板。一板是綽板一聲。一眼，板鼓一聲。有板有眼便唱奏不亂，故有條不紊叫一板一眼。此語通常用來形容一個人做事循規蹈矩，有條不紊，與「有板有眼」義同。
語出《糊塗世界》卷六：「如今的時勢，就是孔聖人活過來，一板三眼的去做，也不過是個書呆子罷了。」

174

比喻責任重大，前途艱困。
語出《論語‧泰伯》：「士不可不弘毅，任重而道遠；仁以為己任，不亦重乎？死而後已，不亦遠乎？」弘，心胸寬廣。毅，意志堅定。

先難後獲

ㄒㄧㄢ ㄋㄢˊ ㄏㄡˋ ㄏㄨㄛˋ

⊙形容一個人做事只求盡心盡力而不計較收穫。

這次逮捕要犯，全靠二位的幫助。

二位急公好義，這種「先難後獲」的精神令人敬佩。

不！維護治安是應該的。

請接受破案獎金。

窮的沒米了，還死要面子。

既然如此，五百萬就捐給慈善單位。

五百萬

出處 語出《論語‧雍也》：「仁者，先難而後獲，可謂仁矣。」形容人做事的態度，要先盡心盡力，而後才得收穫。

按
ㄅㄨ
部
ㄐㄧㄡ
就
ㄅㄢ
班

⊙依照計劃，
一步一步進行。

1 編劇

2 草稿

3 描圖

4 上色

5 編輯

6 出版

出處 形容做事依照次序、一樣一樣來。就：依據。班：分類。
語見晉・陸機〈文賦〉：「然後選義按部，考辭就班。」

出處

語出北周·庾信〈徵調曲〉：「飲其水者懷其源。」
比喻人不忘本。

我是好虫

出處 不管黑白、是非，做什麼都不願意。語出《平山堂話本·藍橋記》：「不管三七二十一，我一頓拳頭打得你滿地爬。」

如（ㄖㄨˊ）火（ㄏㄨㄛˇ）如（ㄖㄨˊ）荼（ㄊㄨˊ）

◎形容某件事發展非常快速。

環保意識抬頭，各種抗爭搞得「如火如荼」。

垃圾焚化爐不要蓋在這裡！

我們絕對不准！

好吧！尊重民意！

不建造垃圾場啦！

署保環

天氣炎熱垃圾無法處理，病媒如火如荼的蔓延。

請願活動也「如火如荼」的展開了。

署保環

建快趕　建上馬　建刻立　建興場垃

 出處

語出《國語・吳語》：「萬人以為方陣，皆白裳、白旂、素甲、白羽之矰，望之如荼。王親秉鉞，載白旗以中陳而立。左軍亦如之，皆赤裳、赤旗、丹甲、朱羽之矰，望之如火。」

秣ㄇㄛˋ馬ㄇㄚˇ厲ㄌㄧˋ兵ㄅㄧㄥ

⊙餵飽了馬，磨好兵器，準備戰鬥。

秣馬厲兵。

準備征服蠻族！

農作正在收成，恐遭民怨。

既然如此……

三天之後再出兵吧！

三天之後

秣馬厲兵。準備出征！

馬兒正在發情，恐難駕馭！

出處

形容比賽、戰爭前的準備。

厲：磨刀石；與「礪」字相通。秣：餵馬的飼料，也可以當飼養講。

語出《左傳・僖公三十三年》：「鄭穆公使視客館，則束載、厲兵、秣馬矣。」

處事篇

釜 ㄈㄨˇ
底 ㄉㄧˇ
抽 ㄔㄡ
薪 ㄒㄧㄣ

⊙做事應當從根本上解決。

治安惡化，要如何整頓呢？

你一定要釜底抽薪！

把那些黑道分子一網打盡！

咔嚓！

我學您要釜底抽薪！

好像沒煮熟！

咦？麵是冷的！

出處

從根本上謀求解決之道。

語出《漢書・賈鄒枚路傳・枚乘》：「欲湯之滄，一人炊之，百人揚之，無益也，不如絕薪止火而已。不絕之於彼，而救之於此，譬猶抱薪而救火也。」

182

除惡 ディ む

務盡 る

⊙除惡應當徹底，必須要從根本上著手。

能飛天入地下海打擊罪惡。

我是正義雞公。

呀！救命

有狀況了。

要做到除惡務盡才能保護善良。

有蟑螂！快吃掉牠！

別怕！正義雞公來也！

 出處

務，必須。《尚書・秦誓下》：「樹德務滋，除惡務本。」
表示道德的樹立，必須要讓它滋長蔓延；邪惡的剷除，必須將它連根拔起。

183

處事篇

尋根 ㄒㄩㄣˊ ㄍㄣ
究底 ㄐㄧㄡˋ ㄉㄧˇ

⊙用以表示追究根由。

研究科學要有尋根究底的精神。

為什麼有空氣？

為什麼？

為什麼遇冷？

空氣裡的水蒸氣遇冷凝結⋯

為什麼會下雨？

這種問法簡直像笨蛋！

蛋為什麼會笨？

你⋯⋯你還在尋根究底？

出處

尋求事物的根由底細，底又作「柢」。語出《紅樓夢》第一百二十回：「似你這樣尋根究底，便是刻舟求劍，膠柱鼓瑟了。」

入境隨俗

⊙到新地方，一定要順著當地的習俗行事。

他們就是咕嚕唏唏族嗎？

從前他們曾經是野蠻的部落。

現在他們仍然保留著許多習俗。

所以我們最好也能入境隨俗，免得觸怒他們。

這種「入境隨俗」的感覺挺奇怪的！

貴賓三溫暖　貴賓三溫暖

出處　語出《莊子・山木》：「入其俗，從其令。」形容到一個地方就順隨當地的風俗習慣行事。

力士捉蠅

⊙比喻做事要小心謹慎，太急或太緩都不能成功。

做事要像力士捉蠅。太急，蠅即死；太緩，則蠅飛去。

所以輕重緩急要拿捏的恰到好處。

你們做事魯莽，以後要多多改進。

大師父放心，弟子捉蒼蠅絕沒問題。

用「DDT」，萬無一失！

出處

喻做事要謹慎，勿因事小而輕易忽視。語出《中阿含經》：「猶如力士捉蠅，太急，蠅即便死；捉蠅太緩，蠅便飛去。」阿含經，是佛陀去世後，由他的弟子大迦葉與五百位羅漢結集其一生的說法而成。依其整理組織成各別的記錄，按篇幅之長短又分長阿含、中阿含、雜阿含與增一阿含。

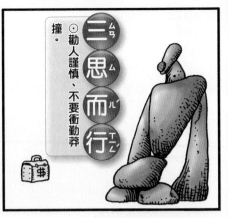

出處　比喻做事之前先謹慎考慮。
　　　語出《論語・公冶長》：「季文子三思而後行。」

未（ㄨㄟˋ）雨（ㄩˇ）綢（ㄔㄡˊ）繆（ㄇㄡˊ）

⊙形容預先準備的意思。

師父，為什麼要種樹呢？

前人種樹，後人乘涼。這也是一種未雨綢繆的做法。

樹可以產生光合作用能供應我們新鮮空氣。

那也得「未雨綢繆」趕緊砍兩棵大樹。

先做好棺木等待師父。免得將來物價飛漲……

出處 語出《詩經‧豳風‧鴟鴞》：「迨天之未陰雨，徹彼桑土，綢繆牖戶。」豳，音ㄅㄧㄣ。鴟鴞，音ㄔㄒㄧㄠ。

最近飛賊常出沒，要提高警戒！

○想打擊他人，又有所顧忌。

投(ㄊㄡˊ)鼠(ㄕㄨˇ)忌(ㄐㄧˋ)器(ㄑㄧˋ)

快用飛鏢射他！

飛賊出現啦！

飛鏢是傳家之寶，射壞了怎麼辦？

對呀！弄丟了，他媽會打他屁股的。

投鼠忌器，治安怎麼好呢？

出處　語出《漢書・賈誼傳》：「里諺曰：『欲投鼠而忌器』，此善喻也。鼠近於器，尚憚不投，恐傷其器，況於貴臣之近主乎！」

螳螂捕蟬
黃雀在後

⊙只想占別人的便宜，沒想到有人在算計他。

錢分一半！

小扒手！

發財囉！

好多錢！

螳螂捕蟬，黃雀在後！

三個剛好一網打盡！

哇！

黑吃黑！

全部給我！

出處 比喻只顧取得眼前的利益，卻不知自己身後有危險。語出《莊子‧山木》：「睹一蟬，方得美蔭而忘其身。螳螂執翳而搏之，見得而忘其形；異鵲從而利之，見利而忘其真。」

馬首是瞻
ㄇㄚˇ ㄕㄡˇ ㄕˋ ㄓㄢ

⊙完全聽從領導人的指揮來行動。

今晨突擊中國陣地！

以您馬首是瞻！

我們以您馬首是瞻！

誤入地雷區啦！

我討厭「馬首是瞻」這句中國成語！

現在沒有首可以瞻了！回家吃壽司！

出處 語出《左傳・襄公十四年》：「荀偃令曰：『雞鳴而駕，塞井夷竈，唯余馬首是瞻。』」是，語助詞，無義。瞻，ㄓㄢ，仰著臉看。古代行軍作戰，以主帥所騎的馬匹頭的方向，來決定行軍方向。

世事難料如何變，幾家歡樂幾家愁。

壹喪篇

自求多福
（ㄗˋ ㄑㄧㄡˊ ㄉㄨㄛ ㄈㄨˊ）

⊙ 用來勉勵人，任何事都應當自己珍惜求取。

你恭喜。

真的！

我在廟裡抽了一支上上籤。

只要你自求多福努力向上一定會成功的。

噢！太好了。

籤上說我將會有貴人相助。

錢。

我也抽到同樣的籤，也正要去向你借

你借我十萬元創業，賺了錢加倍還你。

出處　自己求取厚福。語出《詩經・大雅・文王》：「永言配命，自求多福。」言，語辭。永言配命，長久配合天命而行。此多用來勉勵人凡事當自己珍重。

嗯！好棒的拉麵呀！

拉麵媽媽

蜜多花

顧客都說他技術一流。

我的店也很出名。

我爸的店也很出名。

客人都說好吃。

我媽媽的手藝近悅遠來。

你們哪一個要先上？

猛牙科

又可以吃好吃的囉！

我們也要去！

出處 原指國家治理得很好，遠近的百姓都非常滿意而服從。現在多用來形容某商家生意興隆，遠近的客人都聞名而來。語出《論語・子路》：「葉公問政，子曰：『近者悅，遠者來。』」

194

愛ㄞˋ河ㄏㄜˊ永ㄩㄥˇ浴ㄩˋ

⊙祝賀情人在結婚後，能夠永遠相愛。

劍龍先生請為我們證婚！

祝你們「愛河永浴」！

妳好囉嗦！
我是暴龍又不是水皮龍！

天哪！你討厭洗澡！
現在才知道你是隻髒恐龍！

祝你們「苦海兔洗」！

劍龍先生！我們要辦離婚！

出處 此語多用以祝賀情侶在結婚之後，能夠永浴達相愛。也可寫作「永浴愛河」。
語出《楞嚴經》第四卷：「愛河乾枯，令汝解脫。」

⊙祝福親友長輩的生日賀詞。

萬（ㄨㄢˋ）壽（ㄕㄡˋ）無（ㄨˊ）疆（ㄐㄧㄤ）

祝長眉師兄生日快樂！

長壽

祝福慈祥的大師父生日快樂！

萬壽無疆

大師兄你的賀卡呢？

我早就寫好了！可是……可是……

快點拿出來嘛！給壽星祝賀一下！

好吧！

祝你生日大快樂！

萬獸無薑

出處　疆，音ㄐㄧㄤ，界限。無疆，無限。萬壽無疆，壽命長久，永無窮盡。今多用以賀人長壽。語出《詩經·豳風·七月》：「萬壽無疆。」豳，音ㄅㄧㄣ，國家名，豳國的領土，約在今陝西省西部，是周朝祖先的發源地。

196

蒸蒸日上
ㄓㄥ ㄓㄥ ㄖ ㄕㄤ

●形容所做的事，每天都有進步發展。

本所的業務蒸蒸日上。

建築師事務所

我設計的建築物都受到肯定。

本所的業務也是蒸蒸日上。

您也是建築師嗎？

不是！

我是這個所的所長！

公共廁所　男　女

出處 蒸蒸，向上的樣子。用來形容一個人或一個團體所做的事，日日都有進步發展。
語出清‧陳康祺《郎潛紀聞初筆‧世宗停止浙江鄉會試》：「前後三年，澆漓盡革，況今涵濡聖澤幾二百年，宜風氣蒸蒸日上也。」

節
哀
順
變

⊙勸慰他人順應接受悲痛的事實。

尖頭先生搭乘的班機失事啦！

尖頭太太請節哀順變。

太太，我回來啦！

請節哀順變。

他被你嚇壞了。

哇！

我太晚到機場，所以逃過一劫。

出處
語出《禮記‧檀弓下》：「喪禮，哀戚之至也，節哀順變也。」用來勸慰家有喪事的人，節減悲傷，順應接受這悲痛的事實。

198

歲時篇

春夏秋冬經寒暑，韶光荏苒又一年。

黃（ㄏㄨㄤ）道（ㄉㄠ）吉（ㄐㄧ）日（ㄖ）

⊙「好日子」的意思。

中國人做事總是喜歡找個吉祥的黃道吉日。

婚喪喜慶的時候要找個黃道吉日。

公司開張，年節開工。

工程破土。

新居落成。

也都要找個黃道吉日。

錢員外，你也在看黃曆挑好日子嗎？

我挑個黃道吉日去你家要債啦！

出處　傳統觀念中以干支記日，也有再以十二神分別值日，分掌吉凶。當青龍（子）、明堂（丑）、金匱（辰）、天德（巳）、玉堂（未）、司命（戌）值日時，諸事皆宜，不避凶忌。後泛指適宜辦事的好日子。語出元‧無名氏《連環計》第四折：「今日是黃道吉日，滿朝眾公卿都在銀臺門，敦請太師入朝授禪。」

寒暑易節

⊙形容一年之間季節的改變。

日子過的真快。

一晃眼又寒暑易節。

楓紅秋景正是吟詩作畫的好題材。

對呀！對呀！一晃眼又寒暑易節了！

房東先生有雅興來題首詩嗎？

我只對催收房租有興趣！

欠月租：正正正正正正

出處 語出《列子‧湯問》：「寒暑易節，始一反焉。」寒暑，指冬與夏。易，變遷。節，指季節。

201

驚ㄐㄧㄥ鴻ㄏㄨㄥˊ一ㄧ瞥ㄆㄧㄝ

⊙很短暫的出現在眼前，一眨眼就看不見了。

昨天開車看到一位如花似玉的美女。

雖然只是驚鴻一瞥，卻令我朝思暮想。

啊！你看！她漂亮吧！

驚鴻一瞥

哇！她就是昨天的那一位嗎？

我每天都驚鴻一瞥，只是對象不是同一位。

出處 瞥，音ㄆㄧㄝ，迅速過目。用來比喻某人或某物出現在眼前，但極短暫，只一眼就看不見了。
語出《西廂記·月下酬對》：「那個秀才，在鶯鶯的眼中，雖然驚鴻一瞥，但他那瀟灑的豐儀，的確不易忘懷。」陸游沈園詩：「傷心橋下春波綠，曾是驚鴻照影來。」

白雲ㄅㄞˊ
蒼狗ㄘㄤ ㄍㄡˇ
⊙比喻世事變幻無常。

出處　「白雲蒼狗」之「白雲」，典源作「白衣」，指白雲原本像一件潔淨的白衣，轉眼間卻變成灰狗的模樣。蒼：黑色。語出唐・杜甫〈可嘆〉：「天上浮雲如白衣，斯須改變如蒼狗，古往今來共一時，人生萬事無不有。」

成語字謎 5

難度 ★★☆

噹噹噹～連闖四關，堂堂邁入第五關。恭喜老爺、賀喜夫人！證明你的成語實力愈來愈棒，只要繼續「一步一腳印」的學習，成為「成語天王」是指日可待啦！

下頁的表格裡，共有10組成語缺字填空，請動動腦，把空格填上吧！

下方有提示喔！

204

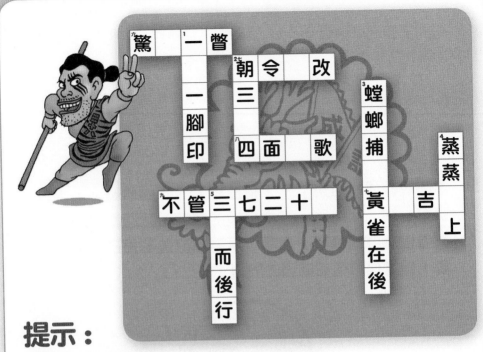

驚 一 瞥
一 朝 令 改
一 三
一 腳 印 四 面 歌
螳 螂 捕
蒸
蒸
不 管 三 七 二 十 黃 雀 在 後 吉 上
而
後
行

提示：

直

1. 比喻腳踏實地、不貪快，一步步去做 。
2. 形容心意不定，作決定反覆無常。
3. 比喻目光短淺，只想到算計別人，卻沒想到他人也有盤算。
4. 一天一天成長，形容事物每天有發展。
5. 形容經過反覆考慮，然後再去做。

橫

六 形容美人或是美好事物，匆匆出現又消失不見。

七 早上發布的命令，下午就改變，比喻政令、主張或意見改來改去。

八 比喻四面受敵，孤立無援。

九 形容不顧一切。

十 在農民曆上適合嫁娶或舉辦祭祀等事宜的好日子。

205

總結模擬考

本書收錄「政治篇」、「情感篇」、「處事篇」、「喜喪篇」和「歲時篇」五種分類的成語，請讀者朋友一起來做做簡單的模擬小測驗，看看自己是不是已經融會貫通，確實理解每個成語的意義了！

同義成語連連看

請把下列成語的解釋
寫在成語下方,
並把意思相近的成語
用「──」相連。

草草了事 •

• 墨守成規

梟首示眾 •

• 馬馬虎虎

實至名歸 •

• 休戚相關

裹足不前 •

• 殺雞儆猴

息息相關 •

• 名副其實

同義成語連連看

看到答案有沒有恍然大悟啊？你不妨依照成語下方的頁碼標示，重新複習一下吧！複習後，不妨重新再做一次測驗，可以加深記憶喔！

解答

草草了事
（見P.131）

梟首示眾
（見P.18）

實至名歸
（見P.78）

裹足不前
（見P.125）

息息相關
（見P.172）

墨守成規
（見P.127）

馬馬虎虎
（見P.132）

休戚相關
（見P.168）

殺雞儆猴
（見P.19）

名副其實
（見P.72）

反義成語連連看

請把下列成語的解釋
寫在成語下方，並
把意思相反的成語用
「←→」相連。

偃旗息鼓 •

有口皆碑 •

亡羊補牢 •

當機立斷 •

如雷貫耳 •

• 防患未然

• 聲名狼籍

• 沒沒無聞

• 槍林彈雨

• 藕斷絲連

反義成語連連看

看到答案有沒有恍然大悟啊？你不妨依照成語下方的頁碼標示，重新複習一下吧！複習後，不妨重新再做一次測驗，可以加深記憶喔！

解答

偃旗息鼓
（見P.52）

有口皆碑
（見P.74）

亡羊補牢
（見P.146）

當機立斷
（見P.166）

如雷貫耳
（見P.73）

防患未然
（見P.147）

聲名狼籍
（見P.82）

沒沒無聞
（見P.75）

槍林彈雨
（見P.55）

藕斷絲連
（見P.167）

烏龍院精彩大長篇

活寶

最會說故事的漫畫大師

敖幼祥

費時7年，全套23冊，
嘔心瀝血之隆重巨獻！

橫跨千年的活寶謎團
正邪兩方的終極對峙！

劇情緊湊，高潮迭起，
是此生 不 可 錯 過 的超級漫畫

時報漫畫叢書 FT0861

漫畫中國成語 5

作　　　者——敖幼祥
主　　　編——陳信宏
責任編輯——陳信宏
整理校對——尹蘊雯
成語審訂——黃蘭婷
字謎設計——陳美儒
美術設計——佛洛阿德
　　　　　　溫國群

總　　　編——李采洪
發 行 人——趙政岷
出 版 者——時報文化出版企業股份有限公司
　　　　　　一○八○三臺北市和平西路三段二四○號三樓
　　　　　　發行專線——(○二)二三○六—六八四二
　　　　　　讀者服務專線——○八○○—二三一—七○五
　　　　　　(○二)二三○四—七一○三
　　　　　　讀者服務傳真——(○二)二三○四—六八五八
　　　　　　郵撥——一九三四四七二四 時報文化出版公司
　　　　　　信箱——臺北郵政七九～九九信箱
時報悅讀網——http://www.readingtimes.com.tw
電子郵件信箱——newlife@readingtimes.com.tw
時報出版愛讀者——http://www.facebook.com/readingtimes.2
法律顧問——理律法律事務所 陳長文律師、李念祖律師
印　　　刷——華展印刷有限公司
初版一刷——二○一二年七月六日
初版三刷——二○一八年十一月十五日
定　　　價——新台幣二八○元

漫畫中國成語 / 敖幼祥著.
--初版.--臺北市：時報文化，2010.10
冊；　公分. -- (時報漫畫叢書)
ISBN 978-957-13-5274-9(第1冊：平裝).
ISBN 978-957-13-5313-5(第2冊：平裝).
ISBN 978-957-13-5378-4(第3冊：平裝).
ISBN 978-957-13-5565-8(第4冊：平裝)
ISBN 978-957-13-5598-6 (第5冊：平裝)
1.漢語 2.成語 3.漫畫
802.183　　　　　　　　　　99016519

ISBN　978-957-13-5598-6
Printed in Taiwan